Blanco sobre Negro

Rubén Gallego

Blanco sobre Negro

Traducción de Ricardo San Vicente

ALFAGUARA

Título original: БЕЛОЕ НА ЧЕРНОМ
© 2002, Rubén Gallego
© De la traducción: Ricardo San Vicente
© De esta edición:
  2003, Santillana Ediciones Generales, S. L.
  Torrelaguna, 60. 28043 Madrid
  Teléfono 91 744 90 60
  Telefax 91 744 92 24
  www.alfaguara.com

ISBN: 84-204-6672-7
Depósito legal: M. 44.786-2003
Impreso en España - Printed in Spain

Diseño:
Proyecto de Enric Satué

© Cubierta:
  Anna Yurienen Gallego

PRIMERA EDICIÓN: SEPTIEMBRE 2003
SEGUNDA EDICIÓN: SEPTIEMBRE 2003
TERCERA EDICIÓN: OCTUBRE 2003

Índice

Letras, simples letras sobre el techo,
letras blancas deslizándose sobre el fondo negro del techo.
Empezaron a aparecer por las noches,
después de uno de los ataques al corazón.
Yo podía mover estas letras por el techo,
formar con ellas palabras y frases.
Por la mañana sólo me quedaba
apuntarlas en la memoria del ordenador.

Sobre la fuerza de la bondad

A veces me preguntan si lo que cuento sucedió en realidad. Si los personajes de mis relatos son reales.

Y mi respuesta es que sí sucedió, que sí son reales, más que reales. Ciertamente mis personajes son colectivos, en ellos se funde el inacabable calidoscopio de mis infinitos orfanatos. Pero todo sobre lo que escribo es verdad.

La única peculiaridad de mi obra que a veces contradice la autenticidad de la vida y se aleja de ella es la mirada del autor, una mirada tal vez algo sentimental, que puede caer a veces en el patetismo. Yo evito premeditadamente hablar de lo malo.

La vida y la literatura, estoy convencido, están repletas ya de tremendismo. Y ocurre que yo, por mi vida, he tenido ocasión de ver demasiada crueldad y demasiado odio humanos. No quiero describir el hedor de la decadencia humana ni lo abyecto de su animalidad, es decir, no es mi intención multiplicar el ya infinito rosario de cargas encadenadas de maldad. No quiero. Y escribo sobre el bien, sobre la victoria, la dicha y el amor.

Escribo sobre la fuerza. Sobre la fuerza espiritual y la física. Sobre la fuerza que se encuentra en cada uno de nosotros. Sobre la fuerza que rompe todas las barreras, sobre la fuerza que vence. Cada uno de mis relatos es la narración de una victoria. Hasta resulta vencedor el niño del relato «La croqueta», que es una historia algo triste. Vence incluso dos veces. La primera, cuando el chico, a falta de un cuchillo, encuentra entre los desordenados cachivaches de sus conocimientos inútiles las tres únicas palabras que surten efecto sobre su oponente. Y la segunda cuando decide comer, es decir, cuando decide vivir.

Vencen incluso aquellos para los cuales la única salida victoriosa es renunciar de manera voluntaria a la vida. Un oficial que sucumbe ante un enemigo muy superior en fuerzas es un vencedor. Yo siento respeto por este tipo de personas. Pero, de todos modos, lo principal en esta persona son los juguetes. Estoy convencido de que pasarse la vida entera cosiendo ositos y conejitos de peluche le pareció mucho más difícil que cortarse el cuello. Estoy persuadido de que, en la balanza de los valores humanos, la alegría de un niño ante un juguete nuevo pesa mucho más que cualquier victoria militar.

Este libro trata de mi infancia. Sobre una vida cruel, pavorosa y que, sin embargo, es mi infancia. Para conservar en el alma el amor al mundo, para crecer y hacerse mayor un niño necesita muy poco: un pedazo de tocino, un bocadillo de salchichón, un puñado de dátiles, el cielo azul, un par de libros y el calor de una palabra humana. Con esto basta, con esto basta y sobra.

Los personajes de este libro son individuos fuertes, muy fuertes. El hombre con mucha frecuencia se ve obligado a ser fuerte. Y bondadoso. No cualquiera se puede permitir ser bueno, no todos son capaces de superar la barrera de la incomprensión general. Demasiado a menudo a la bondad se la toma por debilidad. Es triste que sea así. Ser un hombre es difícil, muy difícil, pero es más que posible. Y para conseguirlo no es imprescindible alzarse sobre las patas traseras. En modo alguno es imprescindible. Eso es lo que creo.

El héroe

Soy un héroe.

Ser héroe es fácil: si no tienes brazos ni piernas, o eres un héroe o estás muerto. Si no tienes padres, confía en tus brazos y en tus piernas. Y sé un héroe. Si no tienes ni brazos ni piernas y si además te las has arreglado para nacer huérfano, ¡se acabó!, estás condenado a ser héroe hasta el fin de tus días. O la diñas.

Yo soy un héroe. Sencillamente no tengo otro remedio.

Soy un niño. Es de noche. Invierno. Necesito ir al baño. Es inútil llamar a la niñera.

La única solución es arrastrarme hasta los lavabos.

Lo primero es bajar de la cama. Hay un modo de hacerlo; se me ha ocurrido a mí. Sencillamente me deslizo hasta el borde de la cama, me doy la vuelta hasta quedar sobre la espalda y me dejo caer. Tras la caída llega el golpe. Y el dolor.

Me arrastro hasta la puerta del pasillo, la empujo con la cabeza y salgo de mi habitación, de un lugar relativamente cálido, al frío, a la oscuridad.

Por la noche dejan abiertas las ventanas del pasillo. Hace frío, mucho frío. Estoy desnudo.

El trayecto es largo. Cuando paso por delante de la habitación donde duermen las niñeras, intento pedir ayuda, doy golpes con la cabeza contra la puerta.

Nadie responde. Grito. Nada. Quizá no grito lo suficiente.

Cuando llego al baño estoy completamente helado.

En el baño las ventanas están abiertas. Hay nieve en el alféizar.

Alcanzo el orinal. Descanso un rato. Necesito descansar sin falta antes de emprender el camino de regreso. Mientras lo hago, la orina empieza a cubrirse de hielo.

Me arrastro de vuelta. Con los dientes, tiro sobre mí la manta de la cama, me envuelvo como puedo en ella y trato de dormir.

Y por la mañana me vestirán y me llevarán a la escuela. Durante la clase de Historia relataré con aplomo los horrores de los campos de concentración nazis. Me pondrán sobresaliente. En Historia siempre saco sobresalientes. Tengo sobresalientes en todas las asignaturas. Soy un héroe.

La bayoneta

La bayoneta es un arma perfecta, segura. Un golpe, y el enemigo cae abatido. La bayoneta le atraviesa de un lado a otro el cuerpo. La bayoneta nunca falla, la bayoneta se clava sin falta. La bala da a ciegas, la bala es estúpida. La bala puede salir por la tangente, la bala puede atascarse en el cuerpo y corroer vilmente la vida humana desde dentro. La bayoneta no es una bala, la bayoneta es un arma blanca, el último fragmento que ha quedado del siglo XIX.

En la tapa del primer libro de Nikolái Ostrovski* aparece repujada una bayoneta. El escritor, ciego ya, sin poder moverse, no podía releer su libro por sí mismo. Lo único que le quedaba era acariciar una y otra vez el relieve de la bayoneta. La bayoneta más fuerte del mundo, una bayoneta de papel.

Los antiguos vikingos eran los mejores guerreros del mundo. Unos guerreros que no conocían el miedo, hombres fuertes de espíritu. El vikingo que caía en combate no desaparecía como si tal cosa de entre los vivos. El vikingo que caía en la batalla, en el último arranque de la vida que se le escapaba, atrapaba un pie del enemigo con los dientes.

Morir lentamente, maldiciendo tu vida inútil, aburriéndote a ti mismo y a los tuyos con quejas inacabables

---

* Su novela *Cómo se templó el acero* gira en torno al heroísmo de los bolcheviques, de entre los que Pável Korchaguin, alter ego del autor, fue un modelo, por ello se trata de una de las grandes obras épicas del realismo socialista. *(N. del T.)*

sobre tu mala suerte, todo eso es cosa de gente débil. La eterna pregunta de Hamlet no le preocupa al soldado en la batalla. Vivir en el combate y morir en el combate es lo mismo. Vivir a medias e irte muriendo poco a poco resulta repugnante, despreciable.

Lo máximo a lo que puede aspirar un mortal es a morir luchando. Si tienes suerte, si tienes mucha suerte, puedes morir en el embate. Morir agarrando las riendas de un caballo o los mandos de un caza, armado de un sable o una metralleta, alzando un martillo de herrero o el rey del ajedrez. Si en el combate te cortan una mano, no es grave. Puedes agarrar el arma con la otra. Si has caído, aún no todo está perdido. Queda una posibilidad, una remota posibilidad de morir como un vikingo, agarrando con los dientes el talón del enemigo.

No todos tienen suerte, no les es dada a todos. Homero y Beethoven son dos felices excepciones y sólo confirman lo remoto de las posibilidades. Pero hay que luchar, de otro modo no se puede, de otro modo es deshonesto y estúpido.

Lloré con aquel libro. Los libros, como los hombres, pueden ser diferentes. Si lo piensas, si lo piensas mucho, los cómics también son libros. Unos libros hermosos con dibujos bonitos. Unos juguetes divertidos, como mariposas efímeras hechas en papel; los cómics tienen muchas ventajas sobre los demás libros: los niños no lloran con ellos. Los niños pequeños no tienen por qué llorar con los libros. La pregunta de «ser o no ser» no tiene ningún sentido para ellos. Pues son niños, niños tan sólo, y aún es pronto para que piensen.

Lloré cuando leí aquel libro. Lloré de impotencia y de envidia. Yo quería ir allí, trasladarme a la batalla, pero no podía. No podía hacer nada, me había acostumbrado a esta situación y sin embargo lloraba. Hay libros que cambian tu manera de ver el mundo. Después de leerlos te quieres morir o vivir de otra manera.

Si quieres entender algo, debes preguntar a las personas o a los libros. Los libros también son personas. Como las personas, los libros te pueden ayudar; y como ellas también, los libros mienten.

Yo no leía libros porque sí, yo quería comprender cómo estaba hecho el mundo. Quería saber cómo debía vivir en este mundo. Preguntaba a la gente y la gente no me contestaba. Busqué la respuesta en los libros y los libros evitaban la respuesta. Los libros relataban con detalle, con mucho detalle, cómo hay que vivir si lo tienes todo. Los personajes de los libros sufrían, y yo me asombraba. Yo, un ser vivo, un ser real, no comprendía sus sufrimientos de papel. Estaban hechos ex profeso, como los maestros en la escuela. Los maestros me recomendaban que leyera libros y yo leía. Lo leía todo, leía descripciones inacabables y soporíferas sobre las vidas absurdas de individuos débiles y perezosos. Los maestros llamaban héroes a estos seres y yo no comprendía en qué consistía su heroísmo.

¿D'Artagnan un héroe? ¿Qué clase de héroe era si tenía manos y pies? Lo tenía todo: juventud, salud, hermosura, una espada y el arte de la esgrima. ¿Dónde estaba su heroísmo? ¿Un miedoso y traidor que se pasa todo el libro haciendo tonterías movido por sus ansias de gloria y de dinero es un héroe? Yo leía el libro sin comprender la mitad. Todos los mayores y los niños consideraban héroes a los mosqueteros. Yo no discutía, discutir es estúpido. En cualquier caso, yo no podía tomar ejemplo de aquellos héroes.

Leí aquel libro gordo varias veces. Leí incluso la continuación de la esplendorosa historia sobre los aguerridos mosqueteros. La continuación no me decepcionó. Un desdichado monstruo, el señor Coquenard, no provocaba mi compasión. Si aquel pobre viejo hubiera tenido el valor y la maña suficiente como para echarle veneno al vino de Porthos, me hubiera puesto de su lado. Pero los milagros no existen. El desgraciado minusválido consumía lentamente su miserable existencia ensombreciendo con su sillón de impedido las hazañas de los verdaderos héroes. Pobre.

El resto no eran mejores. Lamentables hombrecillos dignos de desprecio. Insectos, parecidos a los humanos sólo en parte. Sacos de estiércol que no servían para ir ni al Cielo ni al Infierno. Guerreros incapaces de vivir y de morir. Tan sólo algunos de ellos lograban merecer más o menos mi respeto. Por ejemplo, Porthos. Porthos me gustaba mucho más que Coquenard. Porthos, al menos, podía morir como un hombre.

Gwinplen era un estúpido que sufría por bobadas. Vaya cosa, tener la cara deformada. Si tienes un par de brazos fuertes y una espada afilada, a ver quién te llama feo. La espada no es un mal argumento. Por cierto, Cyrano también me decepcionó. Fuerte en su relación con los hombres, resultó ser poca cosa y un llorica enfrentado al amor.

Yo envidiaba a Quasimodo. La gente lo miraba con repugnancia y compasión, como a mí. Él en cambio tenía brazos y piernas. Y era suya toda la catedral de Notre Dame de París.

Los héroes de los libros no eran héroes, o lo eran sólo en parte. Los mejores se comportaban como personas sólo de vez en cuando o como por descuido. Se permitían vivir sólo unos cuantos minutos antes de morir. Sólo me gustaban antes de morir. Sólo una muerte digna los reconciliaba con su vida absurda.

Rara vez he llorado con los libros. Tenía ya motivos más que suficientes para llorar sin las desgracias inventadas en los libros. Pero este libro era de verdad. El libro no mentía.

Pável Korchaguin montaba a caballo y dominaba la bayoneta tan bien como los mosqueteros su espada. Pável Korchaguin era un muchacho fuerte y valiente. Luchaba por unas ideas y no le importaban ni el dinero ni los galones. La *budiónovka* —aquella gorra de trapo, pobre imitación del casco de los caballeros— no podía defenderlo de una bala traicionera. La afilada bayoneta era impotente ante un máuser. Él lo sabía, pero se lanzaba al combate. Se lanzaba una y otra vez. Una vez y otra se arrojaba a lo más denso del combate. Luchaba y vencía, siempre vencía. Vencía con el arma y la palabra. Y cuando el cuerpo dejó de obedecerle, cuando su mano ya no podía aguantar la bayoneta, cambió de arma, e hizo de la bayoneta una pluma. Él pudo hacerlo. El último caballero del arma blanca. El último vikingo del siglo XX.

¿Qué le queda a un hombre cuando ya no le queda casi nada? ¿Cómo justificar su lamentable existencia de un casi cadáver? ¿Para qué vivir? No lo sabía entonces, tampoco lo sé ahora. Pero, como Pável Korchaguin, no quiero morir antes de hora. Viviré hasta el último aliento. Voy a pelear.

Apretando lentamente las teclas del ordenador, coloco las letras, una tras otra. Y me dedico a forjar con esmero mi bayoneta, mi libro. Sé que sólo tengo derecho a un solo golpe, que no tendré una segunda oportunidad. Y me esfuerzo, me esfuerzo mucho. Porque yo sé que una bayoneta nunca falla. La bayoneta es un arma perfecta, segura.

Sueños

Cuando era muy pequeño soñaba con tener una mamá; soñé con la idea hasta los seis años. Luego comprendí, o mejor dicho, me dijeron, que mi mamá era una puta de mierda y que me había abandonado. Me resulta desagradable escribir estas palabras, pero fueron los términos que emplearon.

Quienes explicaban las cosas eran grandes y fuertes, tenían razón en todo, y por tanto también llevaban razón en un detalle tan nimio como aquél. Aunque, claro está, también había otros adultos.

Me refiero a los maestros. Los maestros me hablaban sobre países lejanos, sobre grandes escritores, decían que la vida era maravillosa y que, si uno estudiaba mucho y obedecía a los mayores, iba a encontrar su lugar en este mundo. Siempre mentían. Mentían en todo. Me hablaban de las estrellas y de los continentes pero no me dejaban franquear la puerta del orfanato. Me hablaban sobre la igualdad de las personas, pero sólo llevaban al circo y al cine a quienes podían andar.

Las únicas que no mentían eran las niñeras. Qué palabra tan extraordinaria: niñera. Tan dulce. Al instante recuerdas los versos de Pushkin: «Bebamos, mi niñera...». Eran simples mujeres de campo. Nunca mentían. En ocasiones hasta nos daban caramelos. Unas veces eran malas, otras, buenas, pero siempre directas y sinceras. A menudo por sus palabras uno comprendía aquello que de los maestros era completamente imposible sacar en claro. Cuando te daban un caramelo, a veces te decían: «Pobrecito, ojalá te mueras pronto, así dejarás de sufrir, y nosotros también». O cuando acompañaban a un difunto: «Gracias a Dios, el pobrecillo ya ha dejado de sufrir».

Cuando me constipaba y me libraba de ir a la escuela, me quedaba en el dormitorio a solas con alguna de estas niñeras. Entonces la buena mujer me traía de la cocina algún dulce o fruta de la compota y me hablaba de sus hijos muertos en el frente, de su marido borracho y sobre un montón de historias interesantes. Yo escuchaba y me lo creía todo, como creen los niños en la verdad, como quizá sólo ellos son capaces de creer. Los mayores, por lo general, ya son incapaces de creer en nada. Pues bien: lo de la «puta de mierda» lo decían las niñeras con la misma naturalidad y simplicidad con que hablaban de la lluvia o de la nieve.

A los seis años dejé de soñar con tener una mamá. Me puse a soñar con convertirme en un andante. Casi todo el mundo podía andar. Hasta quienes apenas podían desplazarse con ayuda de unas muletas pertenecían a los andantes. Los andantes recibían mejor trato que nosotros. Eran personas. Después del orfanato podían llegar a tener una profesión útil para la sociedad, ser contables, zapateros, costureras. Muchos de ellos recibían una buena educación, «se abrían camino en la vida». Luego volvían al orfanato en automóviles caros. Cuando llegaba uno de ellos, nos reunían en la sala grande para que el ex alumno nos contara qué lugar ocupaba ahora en la sociedad. De las historias que contaban siempre se deducía que aquellos hombres y mujeres gordos siempre habían obedecido a los mayores, que habían sido buenos alumnos y que habían conseguido todo gracias a su inteligencia y a su empeño. Pero ¡se trataba de andantes! ¿Para qué diablos tenía yo que escuchar aquellas peroratas jactanciosas, si yo mismo sabía perfectamente lo que hay que hacer... cuando ya sabes andar? Lo que nadie me contaba era qué había que hacer para poder andar.

A los ocho años comprendí una idea bien elemental: que estaba solo y que nadie me necesitaba. Los mayores, como los niños, piensan sólo en ellos mismos. Sabía, por supuesto, que en algún lugar, en otro planeta, existían madres y padres, abuelos y abuelas. Pero todo eso era tan lejano y tan confuso, que guardé aquellos delirios en el mismo cajón en que guardaba las historias de estrellas y de continentes.

A los nueve comprendí que nunca podría andar. El descubrimiento fue muy triste. Adiós, países lejanos, estrellas y demás quimeras. Sólo me esperaba la muerte. Una muerte larga e inútil.

A los diez años leí sobre los kamikazes. Aquellos valientes pilotos llevaban la muerte al enemigo. En un vuelo sin retorno resarcían a la Patria de todas las deudas contraídas: el arroz comido, los pañales manchados, los cuadernos escolares; pagaban por las sonrisas de las niñas, por el sol y las estrellas; por el derecho a ver a sus mamás cada día. ¡Aquello sí que iba conmigo! Sabía que nadie me iba a subir a un avión. Me imaginé un torpedo. Un torpedo pilotado repleto de explosivos. Me imaginaba cómo me aproximaba muy despacio hasta el portaaviones enemigo y cómo apretaba el botón rojo.

Desde entonces han pasado muchos años. Soy un hombre mayor y lo comprendo todo. Quizá esto sea bueno, quizá no lo sea tanto. Las personas que comprenden todo son a menudo aburridas y simplistas. No tengo derecho a desear mi muerte, pues de mí depende en gran parte la suerte de mi familia. Mi mujer y mis hijas me quieren, y yo también las quiero mucho. Pero algunas noches, cuando no puedo dormir, de todos modos me pongo a soñar con el torpedo y el botón rojo. Este ingenuo sueño infantil no me ha abandonado y puede ser que nunca me abandone.

La fiesta

Mi primer recuerdo. Estoy solo, tumbado en el parque. Grito. Nadie acude. Grito durante largo rato. El parque es una vulgar cuna de bebé, con rejas metálicas. Estoy acostado sobre la espalda. Estoy mojado y siento dolor. Las rejas del parque están todas cubiertas con un edredón blanco. No hay nadie. Ante mis ojos está el techo blanco y si vuelvo la cabeza puedo mirar la larga extensión del edredón blanco. Grito y grito. Los mayores vienen a horas fijas. Cuando lo hacen, me gritan, me dan de comer, me cambian los pañales. Yo quiero a los adultos; ellos a mí no. Que griten, que me acuesten en una plancha incómoda. Me da igual. Sólo quiero que venga alguien. Quiero ver los otros parques, la mesa, la silla y la ventana. Nada más. Luego me acuestan de nuevo en mi parque. Grito de nuevo. Ellos me gritan a mí. No quieren tomarme en brazos. No quiero volver al parque. Hasta donde alcanza mi memoria, siempre sentí miedo cuando me dejaban solo. Me dejaban solo regularmente.

El primer olor agradable: una mezcla de aliento avinado y perfume. A veces llegaban mujeres con batas blancas que me cogían en brazos. Me tomaban con cuidado, no como lo hacían habitualmente. A eso lo llamaban «fiesta». Olía bien, a alcohol. Me llevaban a una habitación grande donde había una mesa y sillas. Yo estaba sentado sobre las rodillas de alguien. Las mujeres me pasaban de regazo en regazo. Me daban de comer cosas apetitosas. Pero lo mejor era que yo lo veía todo. Todo lo que había alrededor. Las caras, los platos bonitos sobre la mesa, las botellas y las copas. Todos bebían vino, comían, charlaban. La mujer sobre cuyas rodillas me hallaba me sostenía suavemente con una mano y con la otra vaciaba con gesto voraz el contenido de una copa, comía. Había distintas cosas para comer; de cada una, la mujer pellizcaba un pedacito y me lo metía en la boca. Nadie le gritaba a nadie. Y me sentía calentito y cómodo.

En la casa de niños hay una juerga. Una borrachera normal, todo correcto. Los chicos beben vodka y la acompañan con algo. Son mayores. Han entrado deprisa en la habitación después de las clases, se han sentado en un rincón y han dejado a alguien de vigía. Han abierto las conservas, se han tomado una ronda de vodka de la misma taza y han picado algo sobre la marcha.

De pronto se han dado cuenta de mi presencia. Yo me encontraba acostado bajo la cama en el rincón opuesto de la habitación. Tengo el cuerpo bajo la cama, la cabeza y los hombros fuera, tengo ante mí un libro. Leer así es muy cómodo. Nadie te puede molestar.

—Rubén, ven aquí.

Yo aparto el libro y me arrastro. Repto lentamente, pero todos esperan pacientes.

Me acerco.

—¿Vodka?

La pregunta es retórica. Todos saben que no me está permitido beber. Sólo se toma vodka a partir de los doce años.

Todos se ríen. Se ríen sin maldad, están de buen humor.

—Basta, Serguéi, deja al crío en paz. Dale mejor algo de comer.

Serguéi, un chico sin piernas, me hace un bocadillo de pan con salchichón. Limpia para mí unos dientes de ajo.

Los chicos se acaban el vodka, esconden la botella vacía. Comen algo. Yo como con los demás. Qué bien. Todos están a gusto. Es una fiesta. Si no fuera una fiesta, nadie se habría dado cuenta de mi presencia, ni menos aún habría compartido su comida. Yo no soy nadie, un bulto.

Después del vodka toman *chifir**. Preparan el *chifir* en un bote grande y beben lentamente uno tras otro. Yo no puedo no sólo porque aún soy pequeño; todos saben que no estoy bien del corazón.

Serguéi toma una taza de las del vodka, se sube ágilmente en su carrito y sale montado en él de la habitación. Regresa con la taza casi llena de agua. En una mano lleva la taza, con la otra se impulsa delicadamente. Coloca la taza en el suelo, alcanza de una mesilla un bote de mermelada y una cuchara. Echa del bote común de *chifir* un poco en mi taza, añade la mermelada. Es generoso con la mermelada.

—Aquí tienes, Rubén —dice—. Tu té con mermelada.

Los chicos toman *chifir;* yo, un té dulce. Qué bien. Es una fiesta.

---

* Té muy cargado; en una taza de agua hirviendo de un cuarto de litro se echa un paquete de cincuenta gramos de té. *(N. del T.)*

La comida

A mí no me gustaba comer. De haber sido posible, habría preferido alimentarme con pastillas como en los relatos de ciencia ficción: una pastilla y fuera el hambre para el resto del día. Comía mal; trataban de convencerme de que comiera, me daban de comer con cuchara, pero todo era inútil.

Cuando era muy pequeño, tuve la suerte de vivir en una casa de niños pequeña y en el campo. Me daban de comer bien y la comida era sabrosa; las niñeras eran de buen corazón, siempre vigilaban que todos los niños comieran, se preocupaban por nosotros.

Luego vinieron otros orfanatos, otras niñeras y otras comidas. Las papillas y las pastas con gusanos, los huevos pasados. Hubo de todo. Pero no voy a escribir sobre esto.

He caído en la cuenta de que mis mejores recuerdos tienen que ver con la comida. Los mejores momentos de mi infancia están todos relacionados con la comida, o, mejor dicho, con las personas que la compartían conmigo, que, en señal de su buena disposición, me la regalaban. Es extraño.

No recuerdo dónde ocurrió. Me vienen a la memoria unas personas en bata blanca. Los niños éramos muchos y todos muy pequeños.

Habían traído una piña tropical. Entonces me pareció muy grande y hermosa. No la cortaron enseguida, dejaron que la contempláramos. Es probable que tampoco los mayores se atrevieran a destruir aquella maravilla. Las piñas en Rusia eran una rareza.

Todos quedaron defraudados con la piña. O mejor dicho, casi todos. Los niños probaron su gusto poderoso y específico y se negaron a comer aquellos gajos ardientes. Sólo comí yo. Recuerdo las palabras de los mayores:

—Démosle más.

—¿Y si de pronto le sienta mal?

—¿Has visto su ficha, mujer? No me extrañaría nada que a su papá lo hubieran criado a golpe de piñas como ésta. Puede que en su tierra las piñas americanas sean como aquí las patatas.

Me siguieron dando más y más. Es posible que a los adultos les resultara divertido ver cómo aquel niño extraño era capaz de comerse la exótica fruta. Por lo demás, tampoco podían tirar aquel tesoro a la basura. Me comí muchos gajos de piña americana. Mal no me sentaron.

Me trajeron a mi primer orfelinato. No había gente en bata blanca, se veían varias hileras de camas. En cambio, había muchos niños y un televisor.

—¿Qué pasa, no hay modo de sentarlo? Vamos a colocarlo en el diván y lo rodeamos con cojines.

Me sentaron en el diván, me envolvieron con cojines y me dieron de comer con una cuchara una papilla de sémola. De la sorpresa me comí un plato entero de papilla y me quedé dormido. La papilla estaba muy buena. El orfanato me gustó.

En el hospital. Es de noche, todos duermen. En la sala entra corriendo una enfermera, enciende la lamparilla de encima de mi mesa. Lleva un vestido elegante, zapatos con tacones altos, el cabello, rizado, le cae suelto sobre los hombros. Se inclina mucho sobre mí. Tiene unos ojos muy grandes y felices. Me llega de ella olor a perfume y a algo más; huele a algo casero, no a hospital.

—Abre la boca, cierra los ojos.

Obedezco. La muchacha me coloca en la boca un gran bombón de chocolate. Yo sé cómo hay que comerse los bombones de chocolate. Hay que tomar el bombón con la mano y mordisquearlo a pequeños trocitos. Además, me apetece observar mejor este bombón.

—Lo muerdes y te lo comes. ¿Has entendido?

Muevo afirmativamente la cabeza.

Ella apaga la luz y se marcha corriendo. Muerdo el bombón. Mi boca se llena de algo dulce y ardiente. Mastico el chocolate y no sé por qué me da vueltas la cabeza. Me siento bien. Soy feliz.

Me traen al orfanato de turno. Me arrastro por el pasillo, a mi encuentro viene una niñera. El pasillo está a oscuras y ella no me ve enseguida. Cuando ya casi me toca, de pronto lanza un grito y da un salto atrás. Después se me acerca, se inclina para verme mejor. Tengo la piel oscura, y la cabeza, afeitada. Tras un primer vistazo en la semipenumbra del pasillo sólo se pueden descubrir los ojos, unos grandes ojos que penden en el aire a unos quince centímetros del suelo.

—Huy, qué delgadito. Sólo piel y huesos. Ni que te hubieran traído de Buchenwald.

Ciertamente no estoy muy gordo. Allí de donde me han traído no me daban de comer muy bien y además comía mal.

La mujer se va. Regresa al par de minutos y deja en el suelo, junto a mí, un trozo de pan con tocino. Veo el tocino por primera vez en mi vida. Por eso primero me como el tocino y luego el pan. De pronto me entra calor, me siento a gusto, y me duermo.

Es Pascua. Todas las niñeras se visten de fiesta. La sensación de fiesta lo invade todo. Las niñeras son especialmente buenas con nosotros y los educadores se hallan en estado de alerta. Yo no entiendo nada. Porque durante las fiestas por la televisión se ven desfiles y discursos. No hay desfiles sólo por Año Nuevo. En cambio entonces se pone un abeto y hay regalos.

Después del desayuno la niñera nos da a cada uno un huevo pintado. Por dentro el huevo es igual de blanco que los de siempre. Me como el huevo de Pascua. Está muy bueno, mucho más sabroso que los que nos dan en la casa de niños. Los huevos del orfanato están demasiado hervidos, son duros, en cambio éste está blando y sabe a gloria.

Por extraño que parezca, en todas partes donde he estado, sea en el hospital o en el asilo de ancianos, algún alma bondadosa siempre me regalaba por Pascua un huevo pintado. Y esto es sencillamente magnífico.

En Rusia se acostumbra a venerar a los muertos ofreciendo presentes. Llegado el día cuarenta después de la muerte de una persona, sus familiares deben compartir su comida con los demás, pero no con cualquiera sino con los más necesitados. Cuanto más desdichado sea quien recibe la ofrenda, más satisfecho queda tu difunto y mayores son tus méritos ante Dios. Pero ¿dónde encuentra uno a los desdichados en el país más feliz del mundo? De modo que ante las puertas de nuestro orfanato se agolpaban los infelices cargados de bolsas, cestas y paquetes. Nos traían caramelos, galletas, bollos. Nos traían pasteles y tortas, todo lo que podían. Los educadores no se cansaban de echarlos, aunque sin éxito la mayoría de las veces.

Nuestras niñeras, en cambio, aprovechándose de su cargo, a pesar de las severas prohibiciones, lograban franquear las puertas del orfanato con sus «ofrendas de difuntos».

Las más afortunadas eran las niñeras que trabajaban con nosotros, los niños que no andábamos. A nosotros nos daban de comer aparte y los educadores estaban lejos. Una niñera se las arregló para hacer pasar por el control una cazuela llena de gelatina. Pero además nosotros éramos los más desgraciados. Los caramelos que nos daban se valoraban mucho más.

Por nuestra parte, nosotros sabíamos que por las «ofrendas de difuntos» no se debían dar las gracias y que cuando te agasajaban uno no debía sonreír.

Un día me encontraba tumbado en el jardín. Llamábamos jardín a unos cuantos manzanos que crecían junto al edificio del orfanato. Tuve que arrastrarme hasta el jardín durante mucho rato, estaba exhausto y en aquel momento yacía sobre la espalda, descansando. Todos los que podían andar estaban lejos, tal vez estuvieran en el club viendo cine, o a lo mejor se los habían llevado a alguna parte, no recuerdo. Estaba tumbado esperando que alguna manzana cayera no lejos de mí. Pero tuve mucha más suerte.

Una vieja escuálida se había encaramado en la verja. La verja era de dos metros, pero a la anciana este detalle no la detuvo. Saltó rápidamente la verja, miró a los lados y se acercó a mí. Después de examinar con mirada experta mis manos y pies, me preguntó incrédula: «¿Huérfano, quizás?». Dije que sí con la cabeza. La vieja no esperaba tanta suerte: un tullido de pies y manos y además huérfano. Dejó en el suelo su cesta, retiró el mantelillo que cubría el contenido, extrajo del interior una torta y me la entregó para añadir con voz de mando: «Come». Me puse a comer con prisas mientras ella me acuciaba y no paraba de repetir: «Y reza por Varvara, por la tía Varvara». Pero todo lo bueno pronto se acaba. Porque al poco rato por una de las esquinas asomó una educadora.

—¿Conque extraños en el territorio? ¿Quién la ha dejado pasar? ¿Qué hace usted aquí?

Y dirigiéndose a mí:

—¿Qué estás haciendo?

¿Qué es lo que estaba haciendo? Me estaba zampando la tercera torta. La masticaba lo más deprisa que podía porque en la mano aún tenía otra media torta y quería tener tiempo de acabarla.

Mientras tanto la espabilada abuelita ya había recogido su cesta y se había encaramado a la verja. Me comí a toda prisa la torta. La educadora se quedó junto a mí un rato, le sonrió a algo y se marchó.

Eran las primeras tortas de mi vida.

Una vez más me trasladan de una casa de niños a otra. La fiesta empieza en la misma estación, me dan un helado y limonada. El helado es grande y está cubierto de chocolate. En cuanto el tren se pone en marcha, la cuidadora y la enfermera se van a «pasear», me dicen. «¿Qué? ¿Nos damos un paseo?» Regresan con dos georgianos. Un georgiano es viejo, de pelo blanco, el otro es más joven. Todos beben vodka, están contentos. Me cortan un buen trozo de salchichón, me dan huevos, limonada. El georgiano de pelo blanco no para de cortar embutido, me prepara bocadillos y repite sin parar: «Come, come, que los niños han de comer bien». Hay mucha comida y nadie se para a contarla. Oscurece, puedes mirar cuanto quieras por la ventana y comer salchichón. Y así querrías seguir: viajando sin parar, mirando por la ventana. Entonces se me ocurre pensar que si a todos los mayores de la Tierra les dieran mucho vodka y salchichón todos serían buenos y todos los niños serían felices.

Estoy en mi orfanato, en el mejor orfanato del mundo. Tengo ante mí el desayuno: un poco de puré de patatas, medio tomate, un bollo con mantequilla y té. Sé con seguridad que hoy no es fiesta, entonces ¿por qué nos han dado patata? Pruebo el té: está dulce. El tomate fresco es simplemente un manjar. Me lo como todo y comprendo que he tenido una suerte fantástica, he ido a parar al Cielo.

Katia y yo vivimos en un apartamento que es un semisótano, porque sus padres no quieren aceptar nuestro matrimonio. Es el piso de mi maestra, una de las mujeres más buenas del mundo. Nos ha dejado su casa y se ha ido a vivir a su casa de campo.

Por el camino de regreso de la universidad Katia compra *pelmény**. Echa el paquete entero en la cazuela. Yo sé qué son los *pelmény*. En la casa de niños nos daban cuatro por barba.

—¿Cuántos vamos a comer?

Katia me mira con extrañeza.

—¿Qué pasa, que los contabais?

Katia sirve los *pelmény*. Se come un plato entero, yo no puedo con más de seis. Entonces comprendo que

---

* Variante rusa de los ravioli. *(N. del T.)*

en este mundo extraño y ajeno al Estado tampoco se cuentan los *pelmény*.

—No tires el agua de los *pelmény* —le aconsejo a Katia—. Con este caldo se puede hacer una sopa —añado con sentido práctico.

Al cabo de unos días, Katia, de visita en casa de sus padres, come *pelmény*. Su madre se lleva de la mesa la cazuela con el caldo de los *pelmény* y quiere salir de la cocina.

—Mamá, no tires el agua, que con ella se puede hacer una sopa —dice sin pensarlo Katia.

Al día siguiente, cuando Katia se va a clase a la universidad, su madre se acerca hasta nuestro refugio y deja junto a la puerta un pollo crudo. El hielo se ha roto.

Cuando Katia se va al trabajo yo me quedo a solas en casa con la más encantadora de las mujeres. Compartimos la casa con su abuela.

La anciana entra en mi habitación y se sienta enfrente:

—¿Qué, aún no has cascado?

—Qué va —le contesto—. Cascaré cuando haga falta. Tampoco usted es una jovencita. ¿O es que ha decidido vivir eternamente?

—¿Y a ti, quién te necesita sin manos ni pies? Si no puedes ni clavar un clavo.

—¿Tiene usted un lápiz a mano?

—Sí.

—Vaya usted por la casa y allí donde le haga falta un clavo márquelo con el lápiz. Créame, verá cómo aparecen los clavos.

Así, entre estas delicadas charlas pasamos el rato. La abuela me cuenta historias de su juventud, de sus parientes. Por sus relatos resulta que toda su parentela eran unos canallas y unos miserables.

Al cabo de un rato se dirige a la cocina, se oye cómo retumba la vajilla. Regresa.

—Rubén, he preparado una sopa. ¿Vas a comer o tienes miedo de que te envenene?

—Venga esa sopa. Además, con lo que he llegado a comer, ¿qué miedo voy a tener de envenenarme?

Me trae la sopa. Está muy buena. En el fondo del plato hay un gran trozo de carne de pato.

Cuando Ala estaba embarazada vivíamos muy mal. Ala comía pan con grasa fundida. Yo no podía comer grasa, comía pan con aceite de girasol. (En el orfanato un pedazo de pan regado de aceite de girasol y con un poco de sal se consideraba un manjar.) Aquel año por primera vez me empezó a doler el estómago. También preparábamos sopa de guisantes. Ala no comía sopa. La comía yo solo. Yo lo pasaba cien veces mejor que ella. Yo podía comer sopa y no estaba embarazado. Cuando nació Maya, Ala decidió darle el pecho. La leche natural es muy buena. Pero Maya comía mal. La leche de Ala era de color verdoso. Y la caca de Maya salía verdosa. Durante todo este tiempo Ala se alimentó de patata. Ala es una persona sana, necesita mucha más comida que yo. Lo que ella se puede comer en una comida yo lo comía en todo el día. Decidimos que resultaría más económico pasar a Maya a la leche artificial que proporcionar a Ala una alimentación normal.

Vino a verme un conocido.

—¿Cómo te va la vida?

—Normal.

—¿Qué comes?

—Sopa de guisantes.

—¿Con patatas?

—Pues claro.

—Pues nosotros llevamos dos semanas comiendo sopa de guisantes sin patatas.

Yo como sopa de guisantes sólo tres días. Tengo un saco de patatas.

Maya tiene año y medio. Un día se había negado a comer papilla. Yo tomo el plato tranquilamente y me acabo la papilla. Maya primero me pide salchicha, luego rosquillas. No hay ni lo uno ni lo otro, pero no es ésta la cuestión. Si tienes hambre te lo comerás todo, si no lo haces, allá tú. Es la norma del orfanato. Maya se pasea por la casa y piensa. Luego se acerca tranquilamente a Ala y le dice: «Mamá, cuece unas patatas». Comemos patatas con sal y aceite de girasol, como en el orfanato, donde cocíamos patatas después del toque de silencio con la ayuda de un hervidor casero*. La situación que yo alcancé a los quince años (sólo podían cocer patatas los mayores) Maya ya la disfrutaba desde su nacimiento.

Ala llega con Maya del jardín infantil. Se ríe. Se ha encontrado con la cocinera. Ésta le cuenta orgullosa que hoy en el jardín había pollo para comer. «Un pollo gordo, grande, a todos les ha tocado un trocito.» En el jardín de infancia hay más de cien niños. Había un solo

---

* Un instrumento consistente en una resistencia que se emplea para calentar o hervir agua. El aparato, tras introducirse en un recipiente con agua, se conecta a la corriente hasta que el agua hierve o adquiere la temperatura deseada. *(N. del T.)*

pollo, o más exactamente, era un pollo y medio. Yo también me río.

Estoy contento de que Maya vaya al jardín de infancia. Allí tiene muchos amigos, todos juntos juegan con plastilina, pintan con lápices de colores. Y además, cuando viene del jardín, Maya se come todo lo que le dan, sin remilgos.

De vuelta del jardín Maya le pide a Ala que le compre bizcochos. Unos simples bizcochos de vainilla.

—¿Por qué? Ahora tenemos dinero. ¿Quieres que te compre un pastelillo o alguna otra cosa?

—No, quiero bizcochos.

Ala le compra los bizcochos. Maya se sienta a la mesa y se pasa la tarde comiendo bizcochos. Resulta que en la merienda les dieron un bizcocho a cada uno, y Maya se quedó con las ganas de más. A nosotros en el orfanato nos daban dos bizcochos.

Cuando vivía en el geriátrico me asombró una cosa. En el comedor después de la comida repartían huesos. Huesos normales de vaca, los huesos de la sopa. Sólo recibían huesos los veteranos de la guerra. De los huesos se había cortado escrupulosamente toda la carne, pero si uno era lo suficientemente mañoso, aún podía conseguir algo. Los veteranos se agolpaban junto a la ventanilla del comedor, se peleaban enumerando sus méritos y grados. Hace poco le pregunté a un conocido del internado qué había pasado con los huesos, si seguían repartiéndolos.

—¡¿Qué dices?! Ya no se cocina nada con huesos. No hay huesos.

Las niñeras

Eran pocas. Las verdaderas niñeras, justamente las niñeras preocupadas y cariñosas. No recuerdo sus nombres, o más exactamente, no recuerdo todos los nombres de las niñeras buenas. Entre nosotros las dividíamos en «malas» y «buenas». En aquel mundo infantil, la frontera entre el bien y el mal parecía clara y simple. Ha pasado mucho tiempo y no he logrado librarme de la mala costumbre, adquirida en el orfanato, de dividir a los hombres en «de los nuestros» y «no de los nuestros», listos y tontos, buenos y malos. ¿Qué le voy a hacer? He crecido allí. Allí donde la divisoria entre la vida y la muerte es tan fina, donde la canallada y la vileza eran la norma. Norma también eran la sinceridad y la bondad. Todo revuelto. Seguramente la necesidad de elegir cada vez entre lo malo y lo bueno ha engendrado en mí este carácter categórico.

Las niñeras buenas eran creyentes. Todas. He escrito esto y de nuevo he dividido a las personas en categorías. No puedo remediarlo.

Estaba prohibido creer. Nos decían que Dios no existía. El ateísmo era la norma. Ahora pocos lo creerán, pero así era. No sé si entre los maestros había personas creyentes. Seguramente las había. A los maestros les estaba prohibido hablar del tema con nosotros. A un maestro lo podían echar del trabajo por hacer la señal de la cruz o por un huevo de Pascua. A las niñeras no. Las niñeras tenían un sueldo bajo, y mucho trabajo. Había poca gente que deseara limpiar suelos y cambiar los calzones a los niños. Se hacía oídos sordos a que las niñeras fueran creyentes. Y las mujeres creían. Creían a pesar de todo. Rezaban largas horas durante sus guardias nocturnas, encendiendo una vela que se traían consigo. Nos santiguaban antes de darnos las buenas noches. Por Pascua nos traían huevos pintados y tortas. Estaba prohibido traer comida al orfanato, pero ¿qué podía hacer la severa dirección con aquellas mujeres ignorantes?

Las niñeras buenas eran pocas. Me acuerdo de todas. Pero ahora trataré de hablar sobre una. Es una historia real contada por una de ellas. Intentaré transmitir sus palabras, reproducirlas con la exactitud de la que es capaz la memoria de un niño.

Hace ya tiempo que trabajo aquí. Cuando llegué y me fijé, vi que había aquí críos pequeños, unos sin pies, otros sin manos, los pobres. Y todos sucios. Lavas a uno, pero el crío se arrastra por el suelo y otra vez va sucio. A unos había que darles de comer con cuchara, a otros cambiarlos cada hora. Me cansaba mucho. La primera guardia de noche ni me acosté siquiera. Además, trajeron a uno nuevo, el pobre se pasó la noche llamando a su mamá. Me senté a su lado en la cama, lo tomé de la mano y así me quedé con él hasta el amanecer. Y no paré de llorar. Por la mañana me fui ver al padre santo para que me bendijera, para que me diera permiso para despedirme. No puedo ver esto, le dije; todos me dan tanta lástima que se me rompe el corazón. Pero el padre no me dio su bendición. Y eso que se lo pedí, y cómo se lo pedí. Pero luego, después de un tiempo de trabajar, me hice a aquello. Aunque sigue siendo duro. Todos los nombres de los niños que cuido los apunto en una hoja de papel. En casa tengo una libreta y allí os apunto a todos vosotros. Y por cada uno pongo en Pascua una vela. Ahora ya resultan muchas velas y es caro, pero de todas maneras pongo una vela por cada uno y por cada uno rezo un padrenuestro. Porque Dios nos manda orar por todos los niños inocentes. Y tú, qué nombre más raro tienes, Rubén. Serás armenio. Los armenios son cristianos, eso lo sé seguro. ¿Que no eres armenio, dices? ¡Ya me lo parecía a mí! Herejes deben ser sus padres, me decía, si no vienen a verle. Un alma bautizada no dejará sola a su criatura. Unas perras, eso es ló que son, perdóname, Señor, perdona a esta vieja estúpida, que aquí, aunque no quieras, acabas por pecar. A ti te apuntaré en la libreta sin apellido. Porque lo tienes bien raro, tu apellido, tanto que no sé cómo apuntarlo. Todos están con los apellidos, y tú sin. En las plegarias sólo se debe pronunciar el nombre, pero tampoco está bien que estés sin apellido.

¿Qué añadir al relato? Que he crecido, he leído un montón de libros y me considero inteligente. Gracias les doy a mis maestros que me han enseñado a leer. Gracias, al Estado Soviético, que me ha criado. Gracias, a los inteligentes norteamericanos, que han inventado la computadora; gracias por la posibilidad de redactar este texto con el índice de la mano izquierda.

Y gracias a todas las buenas niñeras porque me han enseñado la bondad; gracias por el calor en el alma que he logrado llevar conmigo a través de todas las pruebas. Gracias por todo aquello que no puedo expresar en palabras, que no puedo calcular en el ordenador y que no se puede medir. Gracias por el amor y la caridad cristiana, por ser católico, por mis niñas. Por todo.

Los golfos

En la sala éramos diez. Mejor dicho, nueve. A Vova no lo contábamos. Vova no hablaba. No podía hacer nada, sólo comía y cagaba. A menudo nos despertábamos por sus gritos. Como siempre, lo que quería era comer. Podía comer mucho, lo que le dieran. Le daban de comer como a los demás, pero él no tenía bastante, y gritaba. Era un bebé de doce años.

Estábamos también Vasiliok y yo. Por su aspecto, a Vasiliok le podías echar veinte años. Tenía paralizadas las piernas. Estaba sano como un toro. O, mejor dicho, como muchas personas retrasadas mentales. Una vez agarró por una pierna a una niñera que le estaba haciendo rabiar; la agarró de tal manera que la mujer no podía soltarse, y le dejó un morado en la pierna que tardó mucho tiempo en desaparecer. A las niñeras les gustaba incordiar a aquel inofensivo mastodonte, le sacudían en la espalda al pasar a su lado o le decían alguna obscenidad, y luego él se masturbaba ruidosamente durante toda la noche, hecho que daba motivo a nuevas bromas. Y sin embargo, lo trataban bien, siempre le daban una segunda ración.

Yo era un niño de nueve años. Imaginaos a una persona paralizada. A una persona tumbada en el suelo y apoyada en los codos que se balancea de un lado a otro. Realiza unos movimientos extraños que vosotros no entendéis. Lo que hace es reptar. Yo me arrastraba rápido; en media hora podía recorrer unos trescientos metros, en el caso de que no me cansara. Pero al cabo de diez o quince metros tenía que descansar. ¡Pero yo podía reptar! Sólo Vasiliok y yo podíamos arrastrarnos por la sala; esto era lo que nos distinguía del resto.

Eran siete. No recuerdo todos sus nombres. Tampoco debería saberlos. Sólo Sasha Poddubin podía permanecer sentado; por las mañanas las niñeras lo sentaban en el suelo delante de una mesita baja. Los demás se quedaban en la cama el día entero. Les llamaban los golfos. En la casa de niños a los golfos se les tenía un enorme respeto, hasta el capo de la casa venía a pedirles consejo. Sólo en nuestra sala había una tele, y podíamos verla cuando se nos antojara.

Fui a parar a aquella sala por casualidad. Cuando me llevaron acababa de morir uno de los golfos. Era la cama número tres, la de la mala suerte. Antes de que llegara yo habían dormido en ella tres, y los tres habían muerto. Nadie quería ocuparla y yo era el recién llegado. Luego me quisieron trasladar a otra sala, pero Sasha pidió que me quedara y me dejaron. Pero ésa es otra historia.

Un día Sasha quiso ir al lavabo y Vasiliok no estaba en la habitación.

Yo tenía dos opciones: o arrastrarme para ir a buscar a una niñera, o probar a ayudarle por mis propios medios. De modo que agarré la goma de sus pantalones con los dientes, tiré de ella, le acerqué el orinal y así Sasha pudo orinar. Ahora, según la ley no escrita del orfanato, yo podía pedirle algo a cambio. De modo que armándome de valor, le pedí que me dejara leer uno de sus libros. Tenía muchos. Se pasaba el día leyendo algo o traduciendo del alemán.

—Toma *Los tres mosqueteros*.

—Ya lo he leído, es un libro infantil; déjame *Solaris*.

—No entenderás nada.

—Sí que lo entenderé.

—Eres terco, eso está bien. Toma *Solaris* y luego me cuentas a ver qué has entendido.

Leí *Solaris* en un domingo. Cuando Sasha me preguntó qué había entendido del libro, yo le contesté: el personaje central no tenía que haber ido en la nave, porque tenía que haber aclarado las cosas con la mujer antes, en la Tierra. Sasha me dijo que yo aún era pequeño y que no entendía nada. Pero desde entonces me empezó a dejar libros. O sea que yo había salido ganando. Los golfos me trataban bien.

Vinieron a vernos nuestros padrinos. Nuestros padrinos eran los estudiantes de la facultad de Pedagogía.

Nos reunieron en la sala de actos, los estudiantes nos cantaron unas canciones y se fueron. O, mejor dicho, se fueron pero no todos. Según el plan de padrinazgo, los estudiantes debían realizar con nosotros algunas actividades, tenían que ayudarnos a hacer los deberes y cosas parecidas. Pero la mayoría nos trataba como si fuéramos unos apestados. Esta expresión, «como apestados», la leí más tarde y me gustó mucho. ¿Cómo si no se pueden expresar unos ojos como platos y una cara de asco indisimulado?

Pero algunos venían a vernos. Por raro que parezca, eran chicas de no demasiadas luces. Su bondad natural, el sentimiento de compasión, y quién sabe si también la curiosidad, impulsaban a aquellas estudiantes a venir una y otra vez.

Una de estas chicas vino también a vernos a nosotros.

—Chicos, ¿en qué os puedo ayudar?

—¿Tomarás *chifir*?

—¿Qué?

—Un té cargado.

—Bueno.

—Entonces alcánzame de debajo del colchón el hervidor, trae un bote de la mesilla, ve a por agua y arma todo este tinglado debajo de la cama.

El que decía eso era Vovka Moskvá*. Ése era su mote: Moskvá. Por qué, no lo sé.

La estudiante nos vino a visitar varias veces, los golfos la convidaban a bombones de chocolate, contaban chistes. Con ella lo pasábamos bien, nos reíamos.

Una vez se quedó más de la cuenta con nosotros, ya era hora de que se fuera. Pero nadie, por supuesto, quería dejarla ir.

—Lo siento, chicos, aún me queda por preparar la Física y también las Matemáticas, y no me dejarán copiar.

—¿En qué curso estás?

—En segundo.

—¿Llevas el libro contigo?

—Lo tengo en el bolso.

—A ver, lee los problemas.

Eso lo decía Guenka, el de la cama del rincón.

La muchacha sacó el libro y se puso a leer.

—No entiendo nada.

—Yo tampoco. Sólo hace un año que estudio Matemáticas superiores. Lee en voz alta.

—¿Y las fórmulas?

—Las fórmulas también.

La chica se puso a leer su libro, y nosotros contentos de que no se fuera. No dudábamos que Guenka resolvería todos los problemas.

---

* Moscú en ruso. (N. del T.)

Estuvo largo rato leyendo. Luego Guenka le mandó que se sentara a la mesa y se pusiera a escribir.

—¡Pero si no ves lo que escribo!

—Pero tú sí, ¿no?

—Sí.

—Pues entonces escribe.

Guenka le dictó la solución de todos los problemas y se quedó callado.

—¿Puedo comprobar las respuestas? Aquí tengo todas las soluciones.

—Compruébalo.

—¡Todo coincide! Pero ¿cómo lo has hecho? Si no has mirado la libreta. ¡Con lo pequeño que eres!

Guenka pesaba unos diez kilos. Además de no poder andar, no sé qué le pasaba con la tiroides, no crecía. Por lo general lo tapaban hasta la barbilla con una manta y debajo de ésta asomaba la cara de un niño de ocho años. Aunque tal vez así fuera mejor. De este modo a veces lo sacaban a la calle. Vasiliok y yo podíamos arrastrarnos hasta el asfalto por nuestros medios, pero el resto no había visto la calle.

—Tengo dieciocho años. Soy tan pequeño como lo puedes ser tú.

—Ay, chicos —los llamaba chicos, así no los llamaba nadie más—. Y yo que creía que aún ibais a la escuela.

—Así es oficialmente. Somos repetidores. Algunos se han pasado dos años en cada clase. Simplemente ocurre que el director de la casa es un buen tipo. No quiere mandarnos al asilo de ancianos. Porque allí no habrá nadie que nos cuide y moriremos.

—Pero ¿cómo es que no vais a la universidad? Allí seríais los primeros de la clase.

—En la facultad sólo admiten a los que andan.

La chica recogió a toda prisa sus cosas y se marchó. Yo me arrastré hasta el pasillo. Llovía y yo quería arrastrarme hasta la salida.

El aire era frío, como a finales de otoño o a principios de primavera. Las puertas de la entrada no se cerraban y a mí me gustaba llegarme a rastras hasta la salida misma y ver la lluvia. Algunas gotas caían al interior, caían sobre mí. Y yo me sentía bien y algo triste.

Pero en aquella ocasión mi sitio junto a la puerta estaba ocupado. Apoyándose pesadamente sobre el quicio, se encontraba nuestra estudiante, que fumaba aspirando con avidez el humo. Y lloraba. No recuerdo cómo iba vestida. Sólo me acuerdo de sus zapatos de tacón. Era muy bella. Tuve la sensación de que nunca más vería una chica tan guapa. La muchacha fumaba y lloraba. Luego acabó el pitillo y salió a la calle bajo la lluvia. Sin gabardina ni paraguas.

No volvió nunca más.

Un día llegó una comisión de Moscú. Al director le cayó un rapapolvo y a todos los golfos se los llevaron al asilo de ancianos. Su educadora vino a nuestra clase: «Ahora voy a trabajar con vosotros hasta que lleguen las vacaciones». Ingresé en el quinto curso[*], el grupo inicial había terminado, y entonces nos correspondía tener nuestro tutor y nuestro educador.

Al mes de llevarse a los golfos al asilo de ancianos, la educadora se fue a ver a sus protegidos. Cuando regresó nos lo contó todo.

---

[*] Curso que corresponde a la edad de doce años. La escuela rusa se divide en diez clases, de los siete a los diecisiete años. *(N. del T.)*

De los ocho sólo había sobrevivido Guenka. El asilo de ancianos consistía en un conjunto de barracones. Los ancianos y los minusválidos se distribuían según el grado de minusvalía. Los nuestros se encontraban en un barracón aparte junto con los terminales. A lo largo de las paredes se sucedían las camas de las que fluían los orines. Nadie se acercaba a ellos. La educadora les llevó compota de frutas selectas en unos grandes botes. De Guenka dijo: «Estaba que mordía». «Y la compota llévesela, igualmente se la quedarán los que pueden andar.»

Le pregunté qué sería de mí cuando creciera. ¿A mí también me llevarían al asilo de ancianos y también yo moriría?

—Claro.

—Pero entonces yo sólo tendré quince años. Yo no quiero morir tan temprano. ¿Resulta que todo esto es inútil? ¿Entonces para qué he de estudiar?

—Nada es inútil. Tenéis que estudiar, porque os dan de comer gratis. Y además, por cierto, ¿has hecho los deberes?

Desde aquel día cambié mucho. Por cualquier motivo se me saltaban las lágrimas y me echaba a llorar. No servían ni las buenas palabras ni las amenazas. Me ponía a gritar.

Llamaron a un médico. Vino un tipo muy joven a visitarme, se sentó en el suelo a mi lado, sonreía y preguntaba algo. Yo también le respondía con una sonrisa. Yo no quería hablar con él. Pero no tuve más remedio.

—¿Por qué lloras tan a menudo?

—Yo no lloro a menudo.

—¿Por qué lloraste ayer?

—Me di un golpe en la cabeza y me puse a llorar.

—No te creo. Tu educadora me lo ha contado todo. Te pasas el día llorando. Esto no es normal. ¿Por qué no querías hablar conmigo?

—Porque usted es un psiquiatra. Todos los psi-
quiatras primero se hacen los buenos y luego te encierran
en el hospital. Y en el hospital te ponen inyecciones y te
dan unas pastillas que te dejan como Vasiliok.

—¿Quién te ha dicho esa estupidez? Nadie te va
a llevar a ninguna parte. ¿Quién es Vasiliok?

—Eso del hospital me lo contó Vovka Moskvá.

—¿Y dónde está ahora tu Vovka?

—Ha muerto. Todos han muerto. Eran unos bue-
nos chicos y eran inteligentes. Y Sasha Poddubin me dejaba
sus libros para leer. Ahora ya no están aquí. Sólo Vasiliok
sigue vivo. A Vasiliok lo han llevado a otro internado, a
un buen centro, porque él puede arrastrarse e ir solo al
lavabo.

—¿Quién te ha dicho que han muerto todos?

—La educadora. Y además me ha contado que
a mí también me llevarán allí cuando cumpla los quince.
Ahora tengo diez.

La sonriente educadora miró perpleja al médico
y dijo: «¿Y qué? ¿Qué pasa? Se lo conté a toda la clase».
El médico encendió un cigarrillo. Era la primera vez que
veía a un adulto fumar en la sala. No sé por qué, aquel
médico me gustaba.

—¿Me tienes miedo?

—Sí.

El médico aquel no tenía nada de malo. Acabó su
pitillo, me miró y se fue.

En cuanto a Guenka, no tardó mucho en morir.

América

Era un país que debíamos odiar. Ésta era la costumbre. Debíamos odiar todos los países capitalistas, pero sobre todo América. En América vivían los enemigos, los burgueses, gente que chupaba la sangre a la clase obrera. El imperialismo americano preparaba bombas atómicas contra nosotros. Los obreros en América pasaban hambre sin parar y se morían. Ante la embajada de la Unión Soviética en Estados Unidos se extendía como un torrente interminable una cola de gente que quería cambiar de nacionalidad. Así nos lo enseñaban y nosotros nos lo creíamos.

A mí me gustaba América. Me gustaba desde los nueve años. Pues a los nueve años me contaron que en América no había minusválidos. Los mataban. A todos. Si en una familia nacía un minusválido, el médico le ponía al bebé una inyección mortal.

—¿Ahora comprendéis, niños, la suerte que habéis tenido al nacer en nuestro país? En la Unión Soviética no se mata a los niños minusválidos. A vosotros os dan clase, os dan de comer y os curan gratis. Por eso debéis estudiar mucho y llegar a tener una profesión útil.

Yo no quiero que me den de comer gratis, yo nunca podré tener una profesión útil. Yo quiero que me den una inyección. Quiero ir a América.

El deficiente

Soy un deficiente. No es un mote ofensivo, sólo la constatación de un hecho. El nivel de mi intelecto no es lo bastante elevado como para llevar una existencia autónoma, para sobrevivir mínimamente. Desde niño sé que hay deficiencias compensadas y no compensadas. La deficiencia compensada es una insuficiencia intelectual con la que el sujeto es capaz de vivir en sociedad sin ayuda externa. A modo de ejemplo estándar de deficiencia compensada se muestran por lo general personas con problemas mentales a quienes, gracias al esfuerzo de pedagogos y médicos, se ha logrado instruir en oficios como pintor o barrendero. Los pedagogos me han enseñado a resolver ecuaciones complejas, los médicos se han empleado a fondo embutiéndome a conciencia todo género de medicamentos y, con la mayor dedicación del mundo, me han colocado rígidas placas de yeso, y sin embargo, sus esfuerzos resultaron vanos. Hasta hoy no me veo capaz de levantar una brocha.

Uno de los primeros recuerdos de la infancia es una conversación oída a los mayores.

—Dices que es inteligente. ¡Pero si no puede andar!

Desde entonces nada ha cambiado. Durante toda mi vida la gente se refería a mi minusvalía como a la posibilidad o imposibilidad de realizar determinadas acciones mecánicas: andar, comer, beber, usar el baño. Pero lo principal siempre siguió siendo lo principal, y era que yo no podía andar. A los mayores el resto casi nunca les interesaba. No puedes andar: eres un deficiente.

Otro orfanato, otro traslado.

Llegué a aquella casa de niños directamente de la clínica, donde durante dos años intentaron sin éxito ponerme en pie. El procedimiento era sencillo. Enyesaban mis piernas torcidas, luego cortaban el yeso periódicamente en determinados lugares, apretaban las articulaciones y fijaban las piernas en una nueva posición. Al medio año, las piernas quedaron rectas. Intentaron ponerme sobre muletas, vieron que era inútil y me dieron el alta. Durante el tratamiento las piernas me dolían constantemente, yo no razonaba como es debido. Según la ley, todo escolar en la Unión Soviética tiene derecho a la enseñanza. Aquellos que podían asistían a las clases escolares de la clínica, el maestro visitaba al resto en su pabellón. A mí también me vino a ver un par de veces una maestra, pero al comprobar mi completo cretinismo me dejó en paz. A los maestros les daba pena aquella pobre criatura y en todas las asignaturas me ponían «suficiente». Así iba pasando de una clase a otra.

Me ingresaron en la clínica cuando iba al segundo curso, y me dieron el alta en el cuarto. Todo normal, todo según la ley.

Me trajeron a la clase y me dejaron en el suelo.

Era la clase de Matemáticas. Tuve suerte. Aquel mismo día en la clase se hacía una prueba de control. Un examen de control de Matemáticas es un asunto serio. Para llevar a cabo una prueba tan importante el consejo pedagógico de la escuela decidió dedicar dos clases seguidas, de cuarenta y cinco minutos cada una.

La maestra me hizo un par de preguntas, descubrió que a aquel niño había que llevarlo sin falta al segundo curso y se quedó tranquila. Llamó a una niñera y dio orden de que me trasladaran al edificio de los dormitorios.

Llegó la niñera. Me miró.

—Lo acabo de traer, ¿y ahora otra vez con él a cuestas? Ni que fuera un caballo, yo también tengo mis derechos. Míralos, los sabios. Ellos no se aclaran y a mí me toca cargar con el muerto. Y pensar que, de no haber sido por la guerra, a lo mejor yo también habría llegado a maestra.

La niñera, a medida que hablaba, fue elevando cada vez más la voz. La maestra la escuchó atentamente y al final se resignó a dejar las cosas como estaban. Con el mayor de los respetos, le pidió a la niñera que se retirara y se excusó por las molestias que le había ocasionado. La niñera se fue. El examen ya podía empezar.

La maestra escribió rápidamente los problemas en la pizarra. Acabó de escribir y se sentó a la mesa.

Yo miraba a la pizarra y no entendía nada. Junto a las cifras, en el problema había letras. Yo sabía bien lo que eran un signo más o un menos. Antes de ir a parar a la clínica yo era el mejor de la clase, en cambio entonces los signos de multiplicar me parecían simples erratas.

—Esto está equivocado —dije sin previo aviso—. ¿Por qué ha escrito las cifras y las letras juntas? Las letras no se pueden sumar ni restar.

—No es un error. Estas letras en realidad significan cifras. Y lo que debemos averiguar es justamente qué cifras hay en lugar de las letras. Esto significa resolver una ecuación.

—O sea, ¿resulta que si 1 más «ja»* es igual a 3, «ja» es igual a 2? Es como en los rompecabezas de las revistas.

---

* La letra x rusa se pronuncia como una jota, «ja» en ruso. *(N. del T.)*

—No es «ja», sino «equis». Pero, por lo demás, tienes razón.

—Entonces, ¿por qué en el segundo ejercicio la «equis» está escrita entre dos números?

—Porque no es una «equis», sino el signo de multiplicar. Que se escribe o como un punto o como la letra «X». En la pizarra he escrito el signo de multiplicar con una «X» para que lo vean mejor los que se sientan en los pupitres de atrás.

Yo no sabía qué era multiplicar. Por alguna razón, lo que más les preocupaba en el mundo a los médicos de la clínica era cuánto era dos por dos, o tres por tres. Y si me equivocaba al responder, se reían a grandes carcajadas, me daban la respuesta correcta y a veces me regalaban un caramelo o una galleta. Si desde el principio me hubieran explicado que una multiplicación es una adición sucesiva, tampoco me habría servido de nada. Las piernas me dolían mucho y no me gustaban los médicos.

La maestra me explica qué es una multiplicación.

—¿Para qué te cuento todo esto? —prosigue la maestra—. Si ni siquiera te sabes la tabla de multiplicar.

—La sé, pero sólo hasta el cinco. También me acuerdo de seis por seis: treinta y seis.

—¿Y ocho por siete?

—Un momento.

Empiezo a sumar en voz alta. Y doy la respuesta correcta.

—Un chico listo —me alaba la maestra.

—Es sencillo —le digo—. Cuando usted me lo explica, todo es sencillo. Explíqueme más cosas.

—No lo entenderás.

—Lo entenderé. Usted misma ha dicho que soy un chico listo.

La maestra se acerca con buen ánimo a la pizarra y empieza la clase. Escribe sin parar. De vez en cuando se detiene y pregunta: «¿Lo has entendido?». Yo lo entiendo todo. La maestra me explica las Matemáticas, yo la interrumpo con mis preguntas. «Siga —le pido—, siga». Nos sonreímos el uno al otro. Todo es tan sencillo.

—Ya está. Esto es todo. Te lo he explicado todo. Todo lo que debe saber hasta el día de hoy un escolar de la cuarta clase.

—¿Puedo hacer el examen?

—No estoy segura del resultado. Pero, prueba.

Pruebo.

Dos horas pasan muy deprisa, la clase entrega los exámenes. La maestra se inclina sobre mí, me recoge la hoja de papel y le echa un rápido vistazo. Me mira. Tiene una expresión fría, ausente, distinta a la de hace un rato junto a la pizarra. Yo lo comprendo todo.

Ser subnormal tampoco es tan difícil. Todo el mundo te ignora, simplemente no te ve. Eres un no hombre, no eres nada. Pero, a veces, tu interlocutor, debido a su bondad natural, o movido por su sentido profesional del deber, descubre que por dentro eres como los demás. Por un instante la indiferencia se torna entusiasmo, y el entusiasmo se convierte en sorda desesperación ante la realidad.

Yo no miro hacia la maestra. Todas son iguales. Estoy convencido de que en este momento piensa lo mismo que todos los demás en su lugar, piensa en mis piernas. Las piernas es lo principal, en cambio las Matemáticas es, ya se sabe, eso, una tontería, una distracción.

Sasha

Nos conocemos desde los cinco años. Primero me maltrataba. Luego nos hicimos amigos. Su mamá me invitaba a menudo a caramelos y un día me regaló un juguete de cuerda. Era una mujer dominante, fuerte y muy bondadosa, y educaba a un buen hijo.

Hace muy poco, hará unos cinco años, me enteré de que quiso adoptarme. No la dejaron. Cuando, ya siendo mayor, le pregunté: «¿Para qué?», ella lo entendió todo y dijo simplemente:

—Para que Sasha no se aburriera tanto. Habríais jugado juntos. Tú habrías ingresado en la universidad, porque tú eres listo, no como el trasto de mi hijo. Yo te habría hecho un profesor.

Recuerdo que miré a los ojos de aquella mujer inteligente y la creí. Si la hubieran dejado habría derribado muros, pasado por todas las pruebas, me habría llevado en brazos a las clases, pero habría convertido a aquel niño español de ojos negros en un profesor de Matemáticas. No un médico, o un pedagogo; ella había descubierto en los ojos de aquel niño de cinco años lo que las innumerables comisiones médicas intentarían descubrir sin éxito. Estoy seguro de que ella no se habría puesto a leer mis diagnósticos sobre la «actividad residual del cerebro» o sobre la «deficiencia». Ella veía en mis ojos.

Pero voy a escribir sobre Sasha, su hijo. Sobre un niño que tenía madre.

Recuerdo mal mi lejana infancia, cuando éramos unos críos. Conocí a Sasha de verdad cuando el destino nos unió en uno de mis tantos orfanatos.

Él se arrastraba por el pasillo y cantaba.

... Salen a escena los colosos, rompen las cadenas de un simple tirón.

Sasha se diferenciaba mucho de nosotros. Su madre, un cargo importante en el mundo del comercio, lo educaba de manera simple. Se lo llevaba al trabajo y le enseñaba la cara real de la vida. Sasha lo sabía todo de albaranes, facturas, de cómo se reparte un déficit, o por qué nos han dado poca papilla para desayunar.

Se arrastraba por el pasillo y cantaba. Tenía una voz potente, se le oía de lejos. Saludaba en voz alta a las niñeras o a los maestros con quienes se cruzaba. Él los llamaba el «personal».

Lo trajeron tarde a la escuela; su madre gastó mucho tiempo y esfuerzos para intentar curarlo. Como todas las madres, quería ver a su hijo sano y feliz. De manera que era mucho mayor que sus compañeros de clase.

A mí me espantaba su manera de cantar tan alto. No me gustaba cómo se dirigía a las niñeras. Muy a menudo les hablaba de tú. «Tú, Masha, a ver si me echas más. Y a éste échale más. ¿Te crees que porque no tenga padres y no hay nadie que lo defienda, ya no se le tiene que dar ni de comer?» Yo entonces aún no comprendía que con su intencionada grosería ocultaba su vergüenza. Yo tenía por semidiosas a las niñeras, él en cambio a las groserías y maldades de aquellas mujeres les pagaba con la misma moneda.

Yo no entendía nada entonces.

Sasha había recibido un paquete. La madre de Sasha comprendía que la vida en el orfanato no era nada dulce y le mandaba enormes paquetes con comida. Aquella madre llena de cariño por su hijo quería que Sasha tuviera amigos, que estudiara en la escuela, y lo mandó a una casa de niños. Se lo llevaba a casa durante todas las vacaciones escolares y en verano, y endulzaba como podía su vida en el orfanato: le mandaba paquetes, le dejaba dinero.

Hay diferentes madres. Las madres más estúpidas traían y mandaban caramelos a sus hijos. Las madres inteligentes les traían tocino, ajos, conservas caseras y, en fin, comida normal.

La madre de Sasha no sólo era una madre inteligente. Era además un alto jefe. Mandaba paquetes espléndidos con chocolate y carne ahumada, con piñas tropicales en conserva y jugos de aguacate.

Aquel día le trajeron dos paquetes de golpe, de once kilos cada uno. Sasha se sentía especialmente orgulloso por aquel peso.

—Según las normas de correos de la URSS los particulares sólo tienen derecho a mandar diez kilos, aunque... —aquí Sasha hacía una pausa—, en casos excepcionales, se aceptan paquetes de hasta once kilos de peso.

Entonces no entendíamos nada de las normas de correos, pero compartíamos plenamente la alegría de Sasha. Cuanto mayor era el paquete, mejor, eso se entiende.

Una educadora le trajo los dos paquetes; llegó resollando pesadamente y maldiciendo a aquellos padres que tanto querían a sus hijos.

—Sasha, según las normas del orfanato no te puedo dar más que doscientos gramos al día. Recibís una ración equilibrada, y comer más de la cuenta no es bueno. Además, he de comprobar previamente la calidad de los productos.

No tenía que haber dicho aquello.

—¿Y cómo lo comprobará, con algún instrumento especial, o, perdóneme, según el gusto que tenga? Porque no veo ningún instrumento por aquí. De manera que pongámonos de acuerdo. Usted prueba el bote de carne ahumada y el de piña americana, me deja el resto y cada uno por su lado. ¿Vale?

—¿Cómo has podido pensar una cosa así? No me hace ninguna falta tu carne. Tú elige lo que te gusta y yo me llevaré el resto de tus paquetes.

—Entonces, a ver qué le parece. Ahora no elegiré nada. Y usted se lleva los paquetes. Pero mañana me los volverá a traer, aunque tampoco elija nada. Usted está obligada a traerme los paquetes. De manera que me los traerá cada día, durante dos meses; hasta que venga a verme mi madre. Y entonces será a ella a quien le explicará usted todo esto de la calidad de los productos. Y créame, mi madre es del ramo del comercio y sobre el control de calidad de los productos lo sabe todo.

La perspectiva de tenérselas con la madre de Sasha no le seduce a la educadora.

Sasha es un chico listo. Y comprende que al enemigo siempre hay que dejarle una vía de escape.

—¡Se me ocurre una idea! Usted ahora simplemente comprueba la fecha de fabricación en todas las latas y cajas y retira los productos caducados. Y en cuanto a los doscientos gramos, no se preocupe usted. No me voy a comer yo solo las conservas y tampoco en una tarde.

La educadora se alegra ante el giro que toman los acontecimientos. Nadie quiere discutir con la madre de Sasha. Por lo demás, también se hace cargo de que una madre no le mandaría a su hijo cualquier cosa. La mujer comprueba concienzudamente todos los productos y no encuentra ninguno caducado. Los paquetes se quedan en poder de Sasha, y éste con gesto aristocrático le ofrece a la educadora la carne ahumada. La mujer la rechaza. Entonces Sasha saca de la caja un bote de piña tropical.

—Tiene usted hijos. Esto es para ellos.

La educadora duda. Le encantaría llevarles a sus hijos la piña, pero sigue enfadada con Sasha. Está enojada por su manera de hablar con ella, un representante de la autoridad, una persona mayor. «Para los niños, los niños», repite Sasha y la mira a los ojos. De pronto la mujer sonríe, toma la lata de piña y se marcha. Es una buena mujer y comprende que Sasha no está enfadado con ella.

La Unión Soviética era un país donde la escasez era general. Se dice que hay escasez cuando alguna mercancía no está a la venta y no hay modo de comprarla a ningún precio.

Los trabajadores del orfanato a menudo recurren a Sasha pidiéndole que les «consiga» algún producto deficitario. Por lo común Sasha se niega. Sasha no quiere jugar a esos juegos de mayores. No es mala persona, tampoco avaricioso, sencillamente él sabe que su madre no podría satisfacer a todo el mundo.

Una educadora le pide que le «consiga» grano de alforfón. El alforfón es un producto escaso. El grano es para la madre de la educadora, que está enferma de diabetes. La mujer no come nada, o mejor dicho, debe seguir una dieta rigurosa. Entre los productos permitidos está el alforfón. Sasha escribe a su madre y ésta le manda el grano.

La educadora le trae el paquete a Sasha. En el paquete hay dos kilos de alforfón. La mujer mira a Sasha. Espera.

—El grano es de primera clase —dice Sasha—, su precio es cuarenta y ocho cópecs el kilo. Aquí hay dos kilos. De manera que me debe noventa y seis cópecs.

—De acuerdo, Sasha. Anotaré los noventa y seis cópecs en tu cuenta.

La cuestión es que los alumnos del orfanato tenían prohibido tener dinero en metálico.

Las madres y los padres con poca vista le daban el dinero a la educadora. Un niño podía hacerle algún encargo, y la educadora le podía traer el pedido en la siguiente guardia. De este modo uno se podía comprar, por ejemplo, caramelos o un lápiz. Pero no se le podía pedir a un educador que le comprara a uno algo prohibido. Además del alcohol y los cigarrillos, estaban prohibidos las latas de pescado, los huevos, los pasteles y todos los productos de fabricación casera. De manera que no hace falta explicar que el dinero contante y sonante se valoraba mucho más que en otras partes.

—No. No es una buena idea. Es un mal negocio. Porque con esto ya tendrá usted cincuenta rublos míos. ¿Y a que no me los da?

—Claro que no te los daré. Está prohibido. ¿Y tú qué harás con el grano crudo?

—Se lo venderé a la niñera Dusia, que pasa olímpicamente de sus prohibiciones.

—Pero mi madre necesita este alforfón. Me lo habías prometido.

—No tengo nada en contra de su madre. Que coma su alforfón y que lo disfrute. Pero yo había prometido venderle el grano, no regalárselo.

—De acuerdo. Toma un rublo y en paz.

—No. Me debe usted noventa y seis cópecs, ni más ni menos. Y yo no tengo cuatro cópecs.

La educadora le sigue la broma. Y se va a buscar calderilla.

Se cierra el trato.

Para desayunar nos dan gachas de alforfón. Algo que ocurre rara vez en el orfanato. Nos sirven dos cucharadas por plato, estamos contentos. El único que no lo está es Sasha. Jura y blasfema, tiene las venas del cuello infladas. «¡Cabrones!», lanza como un tiro seco. Toma de la mesa su porción de engrudo y se arrastra hasta el cuarto donde comen las niñeras.

Sasha tiene el tronco de un hombre sano. Pero sus piernas se retuercen en un nudo inimaginable y tiene una mano paralizada. Se arrastra hasta el cuarto de las niñeras, abre la puerta con la cabeza y con su mano sana lanza al interior del cuarto el plato con el engrudo.

En el cuarto se encuentran sentados a la mesa una niñera, su hija y el marido. Cada uno tiene ante sí un plato lleno.

El hombre levanta la cabeza de su plato. Ve a Sasha y escucha sus palabras. Sasha viene a decir que la niñera no sólo engorda a costa de la desgracia ajena, sino además alimenta a la foca de su hija y a su cabestro. Sasha no dice todo esto con las mismas palabras. Sino que se expresa en un ruso normal, aderezado con un selecto surtido de blasfemias. No quisiera repetir estas palabras. Al hombre se le cae la cuchara llena de gachas y sólo pronuncia: «Maña, salgamos». Sasha se aparta de la entrada reptando y ambos salen al exterior.

Maña regresa con un ojo morado y un balde lleno de gachas. Resulta que gachas no faltan, lo que pasa es que le daba pereza llevar el balde lleno.

A Sasha lo habían acusado de que fumaba. Sasha siempre tenía dinero y hubiera podido comprar los cigarrillos más caros. Pero él no fumaba. No fumaba por principio.

Aquel día primero hizo acopio de cigarrillos, reptó hasta la sala de profesores y allí mismo se puso a fumar. Fumaba en serio, aspirando profundamente el humo. Los maestros llegaban a la sala, miraban a aquel insolente, pero no abrían la boca. El humo de los cigarrillos llenó todo el pasillo y ya inundaba la sala de los profesores. Por fin llegó el director de la escuela.

Teníamos un buen director.

Se sentó de cuclillas junto a Sasha.

—Apaga el cigarro.

Sasha apagó el pitillo y comentó:

—Por fin. Porque pensé que me tendría que fumar el paquete entero.

—¿Qué fumas?

—Cosmos. Es una porquería, claro, pero al menos es con filtro.

—¿Por qué fumabas junto a la sala de profesores?

—Le esperaba a usted.

—¿Para qué? Si tú mismo sabes que fumar es malo. Incluso fumar cigarrillos con filtro.

—Yo no fumo. ¿O cree que soy idiota para envenenarme de esta manera y además pagar para hacerlo? Lo que ocurre es que me han acusado de que fumo. A mí me da igual, pero la educadora está convencida de que la engaño. Si un día decido fumar, lo haré abiertamente. Mi salud es asunto mío. Pero yo no le tolero que sospeche que miento. Si lo que quiere es que fume, pues fumaré, pero lo haré delante de sus morros.

—¿O sea que te han ofendido, no te creen y tú has decidido protestar aquí mismo?

—Sí.

—Bien. Hablaré con la maestra. ¿Te quedan cigarrillos?

—Dos paquetes y medio.

—¿Me los das?

—La verdad es que son caros.

El director sonríe y mete la mano en el bolsillo en busca de dinero. Recoge los cigarrillos, le da el dinero a Sasha y entra en la sala.

En aquella casa de niños había un director muy bueno.

Teníamos unos maestros excelentes. Personas interesadas en su profesión. Claro que los maestros lo tenían más fácil que las niñeras. Ellos no tenían que cuidar de nosotros. La opinión de un maestro comparada con la de una niñera para mí no significaba nada. Aunque, de todos modos, los maestros seguían siendo personas mayores, seres de provecho para la sociedad, y yo, un pedazo de carne inútil. Sasha no era de la misma opinión.

Una vez fue a su clase una nueva maestra de lengua rusa. Los maestros que nos caían por azar, después de trabajar un tiempo con nosotros, desaparecían, nada les hacía quedarse, ni siquiera el complemento de sueldo por «trabajos insalubres». A ésta nos la mandaron de «recambio», es decir, venía a sustituir a una maestra que se había puesto enferma.

Empieza un dictado. Todos los alumnos se sientan en sus pupitres. Sasha yace en el suelo. Apoyándose en el brazo dañado, con la mano sana dibuja con esmero unas letras grandes y feas. Su cuerpo se estremece de temblores, pero él se esfuerza todo lo que puede.

—Perdone. ¿Podría usted dictar algo más lento?

—Dicto a la velocidad prevista por el programa de sexto curso de la escuela.

Sasha dibuja una sonrisa.

—A ver si nos entendemos. Si además tuviera las manos de un estudiante de sexto curso de la escuela, no la importunaría.

—En este caso, debería usted ir a estudiar a una escuela especial.

Sasha no se ofende. Simplemente deja la pluma y echa mano de la cartera en busca de un libro.

—¿Qué te propones hacer?

—Leer. No alcanzo a escribir, y como está prohibido molestar a los demás...

—Deja eso ahora mismo.

—¿Va a dictar más despacio?

La paciencia de la maestra se acaba. Este crío es un sinvergüenza. ¿Qué le hubiera costado pedirlo una vez más? ¡Mira que venir con exigencias en su estado! Debe ser castigado. Y la maestra escribe algo largo rato en el cuaderno de clase.

—Llamaré a tus padres.

—¿A Leningrado? Mi madre no vendrá. En el peor de los casos llamará al director de la casa de niños.

—Muy bien. Entonces no dejaré que revises tus ejercicios, y mañana te pondrán un suspenso en todas las asignaturas.

Aquel día le toca guardia de noche.

La maestra acompaña a las niñeras. Tres mujeronas corpulentas montan a Sasha en una silla de ruedas e intentan llevarlo al pabellón de los dormitorios.

—¿Por qué no me lleva usted misma? ¿O tiene miedo de herniarse?

Y luego se dirige a las niñeras:

—Bueno, preciosas, vosotras sois unas mandadas, en marcha.

Sasha clava su mano sana en la rueda de la silla. Su cuerpo se estremece, le duele mucho, pero resulta imposible arrancar su mano de los radios de la rueda. Las niñeras se ven obligadas a arrastrar la silla con una rueda clavada. Insultan en voz alta a la maestra, pero arrastran la silla maldiciendo sin ira a Sasha.

Sasha, en cambio, canta. Canta una canción sobre un buque ruso que no se rindió a pesar de la superioridad del enemigo.

Nuestro valiente Variag *no se rinde*
Y de nadie espera compasión...

Lo arrastran hasta el pabellón de los dormitorios, lo dejan en el suelo. La maestra está contenta. Mañana Sasha recibirá sus suspensos.

Por la noche, cuando los niños ya han acabado de comer y el personal del orfanato se sienta a cenar, Sasha sale al patio y se arrastra hacia la escuela.

Es invierno. Hay nieve. Es de noche.

La escuela no está lejos, a unos trescientos metros. Sasha se impulsa con la mano buena sobre la nieve y mueve con cuidado la enferma. Lo peor de todo es que no ha caído mucha nieve y la mano enferma se desliza todo el rato sobre el asfalto helado. No hay modo de reptar más deprisa.

Está vestido como todos nosotros, los no andantes. Lleva una camisa y un jersey. Lleva la camisa desabrochada. La lleva así no por presumir, ocurre simplemente que la camisa le cuelga de un hombro y se le arrancan los botones.

Llega a rastras hasta el edificio de la escuela, entra en su clase y se pone a leer los deberes para mañana.

Las niñeras descubren la desaparición del niño; siguen su rastro, llaman a la maestra.

—Ve tú, y acláralo tú misma con él.

La maestra, en la clase, mira a Sasha.

—¿Qué haces?

—Realizo mi derecho constitucional: hago los deberes.

—¿Por qué te has arrastrado por la nieve?

—No tenía otro remedio. Me he visto obligado a enseñarle que es imposible vencerme usando la fuerza bruta. Sí, y otra cosa: arregle lo del transporte, porque no pienso regresar a rastras.

La maestra sale corriendo.

Nos cuentan que le dio un ataque de histeria; que se pasó largo rato llorando, pero no nos lo creemos. No nos creemos que los maestros sean capaces de llorar por una pequeñez como aquélla.

Pasados unos años visito a Sasha.

—Mamá, trae vodka, que voy a beber un trago con Rubén.

—Pero si no bebiste ni en Año Nuevo.

—El Año Nuevo llega cada año, pero a Rubén hace seis que no lo veo.

Tomamos un trago, charlamos, y yo le hago la pregunta más importante:

—Sasha, ¿estás satisfecho de haber pasado por el orfanato?

—No. Después del orfanato me he hecho otro hombre. Mejor que no hubiera existido.

—Pero en el orfanato tuviste amigos, allí nos conocimos.

Sasha reflexiona.

—Perdóname, Rubén. Tú eres un buen tipo, eres mi amigo y me alegra haberte conocido. Pero el orfanato mejor que no hubiera existido.

Nueva York

Un día más nuestra tutora nos da clase de formación política. Nos cuenta los horrores de la vida occidental. Ya estamos acostumbrados y nada nos sorprende. Estoy completamente convencido de que la mayoría de la gente en Norteamérica vive en la calle en cajas de cartón, que todos los norteamericanos sin excepción construyen refugios antiaéreos, que el país está sumido en una nueva crisis.

En esta ocasión nos habla de Nueva York. Nos lee un artículo del *New York Times* sobre la entrega gratuita de queso a los parados. Se han repartido varias toneladas de queso a cien gramos por persona. La maestra subraya sobre todo el hecho de que estos desdichados no recibirán nada más hasta el mes que viene.

Entonces yo pregunto si no morirán de hambre.

—Claro que morirán —me contesta la maestra—. Pero su lugar lo ocuparán nuevas multitudes de obreros despedidos de su trabajo.

Lo creo.

Yo y el maestro de Historia estamos solos en la clase. Él escribe algo en el cuaderno de clase, yo leo. Él se sienta a su mesa, yo estoy tumbado en el suelo no lejos de él.

—¿Está usted muy ocupado?

—¿Qué querías?

El maestro levanta la cabeza de su trabajo. Tiene unos ojos muy bondadosos e inteligentes, el pelo algo blanco. En la solapa de la chaqueta, una insignia.

—Hacerle una pregunta.

—A ver la pregunta.

—En la clase de formación política nos han explicado que la gente en los países capitalistas vive sumida en una profunda miseria, rayando con la muerte por hambre. Yo he hecho mis cálculos y todo cuadra. En Norteamérica hay multimillonarios, pero son muy pocos. ¿No es así?

—Así es.

—Y también hay millonarios, que tampoco son muchos, pero, de todos modos, varias veces más que el número de multimillonarios. Gente de fortuna media, tenderos, peluqueros, debe de haber varias veces más que millonarios. Obreros, muchas veces más que tenderos, y parados, muchísimas veces más que obreros. ¿Así es?

—Así es. No tiene nada de sorprendente. La gente allí vive muy mal.

—¿Está usted de acuerdo con lo que le he dicho? Entonces resulta que, según un cálculo aproximado, cada día en las calles de, por ejemplo, Nueva York, mueren varios centenares de miles de parados, pues no tienen nada para comer. Y esto sin contar a los obreros que se mueren de hambre. ¡En una palabra, Nueva York está sembrado de cadáveres! Alguien los debe ir recogiendo todo el tiempo. No entiendo a estos norteamericanos. Andar por las calles entre muertos y gente que se está muriendo de hambre. Y yo me pregunto: ¿por qué siendo tantos no han derrocado hasta hoy a sus terratenientes y capitalistas?

El maestro se levanta de la mesa, se acerca a mí, se sienta a mi lado de cuclillas. Me mira de una manera algo rara y sonríe. Casi se ríe ante mi serio problema. Seguramente lo que pasa es que hoy está de muy buen humor.

—¿Cuántos años tienes?

—Lo sabe usted, diez.

—Lo sé, lo sé —me dice ya contento del todo—. ¿No crees que es pronto para tu edad hacerte estas preguntas?

Yo callo.

—No te enfades. Simplemente, es algo demasiado complicado para ti.

El maestro se pone en pie, recoge de la mesa el cuaderno de clase y se dirige hacia la salida. Delante de la puerta se da la vuelta, me mira con cara seria y severa, como si me hubiera visto por primera vez.

—Ni se te ocurra, ¿me oyes? Ni se te ocurra hablar con nadie sobre este tema. Ya eres un chico mayor, debes comprender.

Al día siguiente se me acerca, se inclina y deja en el suelo un libro gordo y bonito.

—Léelo. Es una buena novela histórica. Sé que te gustará.

La croqueta

Yo obedecía a los mayores, siempre obedecía a los mayores. Al final de cada curso escolar se me entregaba con toda ceremonia un diploma de honor por mis «estudios excelentes y conducta ejemplar». Y en efecto, yo estudiaba excelentemente, y en cuanto al término «conducta ejemplar», esto significaba que yo nunca discutía con los maestros. Era fácil tratar con ellos, los maestros siempre nos contaban auténticas estupideces. Se pasaban horas explicándonos cosas completamente inútiles y abstrusas. Y nos exigían que repitiéramos todo eso en las clases. Yo tenía buena memoria y podía repetir lo dicho sin problema. Los maestros eran gente muy rara, de verdad se creían que yo me esforzaba mucho. A mí me gustaba estudiar en la escuela, allí todo era de mentira. Nos daban libros con dibujos bonitos, libretas con hojas a rayas y cuadriculadas. Era como un juego llamado escuela. Y yo jugaba a este juego muy a gusto.

Pero había que obedecer a todos los adultos. Lo más difícil era obedecer a las niñeras. Lo que ponía en los libros sabios con dibujos bonitos a las niñeras no les interesaba. Una poesía de Pushkin aprendida de memoria o una fórmula matemática no cambiaban nada la situación. A mí se me exigía una cosa: que reclamara la menor ayuda posible. Más o menos desde los cinco años se me decía que era muy pesado porque comía mucho. «Éste no para de tragar, y a quien le toca cargar con él es a nosotras. Ni pizca de vergüenza le queda. Los negros a parir y nosotras a cargar con él el resto de la vida. Como somos rusas, es decir, bobas de tan buenas, los aguantamos y nos preocupamos por ellos. En cambio, sus padres, que no tienen ni un pelo de tontos, se han largado a su África.» Y así cada santo día, sin parar, oyendo los discursos sobre su bondad y misericordia y sobre mis padres negros. Puede parecer ridículo, pero esto yo lo he tenido que escuchar en todas las instituciones de la Unión Soviética, en los orfanatos, en los hospitales, en los geriátricos que he estado. Ni que todos lo hubieran leído en la misma chuleta, como una lección aprendida, como un conjuro misterioso e invisible.

Yo hacía lo que podía. Pero todo lo que podía hacer era comer y beber menos. Yo no sabía cómo se podía vivir sin comer ni beber. No tenía a quién preguntárselo. Preguntar a los maestros no tenía sentido, ellos no eran de verdad, pues ellos no tenían que sacar nuestros orinales. Por las niñeras yo sabía que el trabajo de los maestros era más fácil y estaba mejor pagado. Desde el punto de vista de las niñeras, a los maestros se les pagaba por no hacer nada. Y en eso yo estaba completamente de acuerdo con ellas. Explicar cuentos sacados de libros bonitos era fácil; limpiar los orinales era duro. Y esto yo lo comprendía perfectamente.

Pero de los maestros también a veces se sacaba algún provecho. Las buenas de las maestras me traían de sus casas libros y revistas. En una de las revistas femeninas leí algo sobre las dietas. Para no engordar se había de excluir de la comida las carnes y las féculas. Dejé de comer pan y macarrones. Los productos cárnicos no abundaban que digamos, pero de vez en cuando nos daban croquetas de carne. Renunciar a las croquetas fue duro, pero lo conseguí. Me ayudó un libro sabio de espías. En el libro se decía que un hombre de verdad debe entrenar su fuerza de voluntad cada día. Y yo me entrenaba. Al principio tenía muchas ganas de comer, luego me acostumbré. Cuando nos traían comida yo escogía automáticamente aquello que podía comer y me lo comía. La mayoría de las veces me veía obligado a beberme tan sólo la compota y comer un par de cucharadas de papilla. Me mejoró el estado de ánimo. Entonces lo hacía todo correctamente. Lo único era que todo el rato tenía ganas de dormir, y en la escuela, al llegar la tercera clase dejaba de entender y me daba vueltas la cabeza. Varias veces perdí el conocimiento en medio de la clase.

Aquel día me empezó a doler el vientre y no tuve tiempo de llegar arrastrándome hasta el lavabo. Una niñera me llevó hasta el wáter, me dejó en el suelo y se puso a darme una lección. Me gritaba y me decía lo malo que era, me repetía lo de la «puta de mierda» de mi madre, me recordaba lo mucho que todos se preocupaban por mí y lo desagradecido que era yo. Decir algo era inútil. La historia se repetía una y otra vez. Llorar y pedir compasión no tenía sentido, todas las palabras se daban de bruces contra la única evidencia: mis pantalones manchados. La mujer me gritaba más y más, se inclinaba sobre mí, sus colgantes mejillas temblaban y me mojaba con su saliva. Yo callaba. ¿Qué podía decirle? La mujer tenía razón. Estaba demasiado gordo, y todo el tiempo no pensaba en otra cosa que en comer. A mis once años pesaba ya casi diecisiete kilos. No tenía justificación alguna. Yo mismo me odiaba por mi debilidad. Dos días atrás me había comido una croqueta. No quería comérmela, de verdad que no quería. Se me ocurrió pensar que sólo la olería, luego mordí un pedacito. Y no me di ni cuenta de cómo me la comí toda.

Yo callaba. Entonces ella me apretó la cabeza con sus dedos grasientos y me clavó la cara en mis pantalones sucios.

—Calla como una piedra. Si al menos dijera algo. Pide perdón, prométeme que no lo volverás a hacer. Di algo al menos. Habla.

Me clavaba la nariz en la mierda y repetía entonces ya en voz baja: «Habla, habla, habla». ¿Yo qué podía decir? Comprendía perfectamente qué necesitaba de mí, y estaba claro que no eran palabras, las palabras ya las había probado todas. La niñera quería una cosa, en realidad sólo quería una cosa: que yo aprendiera a ir solo al lavabo. No se lo podía prometer y justamente por eso guardaba silencio.

«Habla, habla, habla. ¿Vas a decir algo, eh?», repetía monótonamente. «Habla, habla.» Como en la película de guerra en la que un oficial alemán interrogaba a un valiente agente ruso. Un oficial alemán. Un alemán.

De pronto me brota del interior una sencilla frase en alemán: *Russische shwaine.*

—*Du bist Russische shwaine* —le grito con desesperado descaro—. *Du bist Russische shwaine. Russische shwaine. Russische shwaine.* Hicieron bien los alemanes cuando fusilaron a tus padres. Y a ti también te debían haber fusilado.

Son palabras, nada más que palabras. Pero producen su efecto. La mujer se desconcierta. De niña había sobrevivido a la ocupación alemana, al hambre de la posguerra. Sé que doy donde duele.

Me he acostumbrado a mi invalidez. Sólo a veces me brota el deseo repentino e irresistible de ponerme en pie. Este deseo surge, por norma, de manera espontánea y de alguna parte profunda de mi fuero interno animal. Y en aquel momento me entró un deseo enorme de agarrar con la derecha una navaja afilada y hundir la cuchilla en aquella gorda barriga. Ansiaba clavarla una y otra vez. Abrirle en canal aquella panza, vengarme.

Me eché a llorar. Lloraba y gritaba. Gritaba a los morros de aquella estúpida vaca las palabras más viles e injustas. Gritaba jurando, haciendo lo posible por herirla en lo más hondo.

Pasó por allí una maestra. Se dirigió hacia los gritos y me vio a mí, caído desnudo sobre el suelo de cemento cubierto de excrementos y de lágrimas. Lo comprendió todo, llamó a voces a la gente. Unos adultos bondadosos me lavaron, me llevaron a la cama. Llegó la enfermera con una jeringa.

—Cálmate, niño, todo irá bien. Ahora te pongo esta inyección y te dormirás.

—Déjame en paz, puta, perra. Eres rusa. Te odio. Odio a todos los rusos. Fascistas, malditos. ¿Una inyección? Ponme una, pero no como ésta, sino una de verdad, para morirme para siempre. Yo soy un crío de mierda, vosotros sois rusos. Matadme entonces, no me torturéis más. Hasta os da lástima gastaros un poco de veneno conmigo. Sois peores que los nazis. Los nazis mataban a todos los minusválidos, en cambio vosotros os burláis de mí.

Me ponen la inyección. Sigo gritando como un loco. Lo suelto todo, lo de la dieta, que estoy gordo. Prometo que ya no comeré nada más. La maestra y la enfermera me escuchan sin entender mis palabras. Intentan calmarme.

La inyección hizo su efecto. Me dormí rápidamente y estuve durmiendo hasta el mediodía del día siguiente. Me sentía bien y tranquilo. Para comer nos dieron croquetas. Decido comérmelo todo. Me como la croqueta, me como la sopa con pan. Qué más da que sea gordo, qué más da. Ya todo me da igual.

El alemán

Entró en la clase con paso rápido arrastrando algo los pies, sacó la silla, se sentó. Sin mirarnos, empezó a leer con claridad y precisión unos versos. Leyó largo rato. Se levantó y recorrió con la mirada la clase.

—Es Goethe. Lo he leído en alemán. Es posible que algún día podáis leer a Goethe en el original. Soy vuestro nuevo maestro de lengua extranjera.

Se acercó a la mesa. Abrió el manual.

—Ante todo debo excusarme ante Rubén. Perdona, Rubén, lamento mucho no poderte enseñar la lengua española. Yo no sé español. De momento aprende el alemán. Si llegas a saber el alemán, podrás aprender cualquier otro idioma, recuérdalo.

Lo recordé.

Era un profesor raro, muy raro. A veces se distraía en medio de la clase y se lanzaba a leer versos largo rato. Nos contaba con entusiasmo y ardor historias de Alemania. Su rostro se iluminaba de felicidad cuando la selección de Alemania ganaba un partido. Todo lo alemán le parecía mejor. Un auténtico maestro, fanático y sonado.

Clase de alemán. Los ánimos están encendidos, discutimos con el maestro. El tema de la disputa es el de siempre: la superioridad de Alemania. Se puede discutir de lo que se quiera, menos de la derrota de Alemania durante la Segunda Guerra Mundial. Si alguien menciona la guerra, el maestro se quedará callado, empezará a limpiarse premiosamente las gafas y con una voz seca y opaca nos propondrá abrir el manual en la página indicada y repetir en voz alta la inacabable lista de verbos alemanes.

Mirada ardiente, mejillas encendidas. El maestro arroja triunfante a la clase nombres de compositores, filósofos, poetas alemanes. Casi grita la superioridad de los buques alemanes. Se le ve feliz, satisfecho. No lo podemos rebatir. Pasamos a hablar sobre la agricultura. Escuchamos llenos de entusiasmo cifras de quintales y hectáreas, volúmenes enormes de producción y cosechas nunca vistas.

Todo lo estropea una callada pregunta:

—¿Y dátiles?

—¿Qué dátiles?

—¿Los dátiles se cultivan en Alemania?

El hombre se desinfla. Se acabó el buen humor. Otra vez a leer la inacabable lista de verbos alemanes.

Se acerca a mí, se inclina. En la mano lleva un cucurucho de papel con dátiles.

—¿Quieres?

—Gracias.

Comemos dátiles, callamos. Acabamos con los dátiles. El hombre se levanta pesadamente del suelo, se sacude los pantalones, suspira.

—Pues sí, los dátiles no crecen en Alemania. Es verdad. No crecen en absoluto.

La música

La música no era nuestra, era extranjera. La grababan en las placas de rayos X. Los chicos del orfanato traían placas limpias de rayos después de sus interminables viajes por los hospitales, luego las cambiaban por las grabadas a dos por una. Éste era el negocio.

Los inocuos vocalistas occidentales infundían horror a los educadores.

—¿Sabéis qué es lo que cantan?

No lo sabíamos. Nos quitaban aquellos discos, la conducta de los infractores se sometía a discusión en los consejos pedagógicos de la escuela, la lucha contra la influencia capitalista estaba en pleno apogeo. Una lucha absurda.

Los chicos empezaron a llevar el pelo largo. De Moscú llegaron instrucciones para luchar contra la «epidemia». El pelo de los escolares no podía sobrepasar la mitad de la oreja. Las orejas se medían con una regla, la mitad se establecía a ojo. Se había desencadenado una guerra de nunca acabar, un guerra por el derecho a llevar un peinado algo más a la moda que el de tu compañero.

Las discusiones sobre la longitud del cabello a mí no me afectan. A mí me cortan el pelo al cero, pues yo no soy un andante.

Tengo muchas ganas de saber qué es lo que canta aquella gente en los discos. Quiero aprender su idioma.

La carta

Era una casa de niños mala, pésima. Era mala la comida, y malos los adultos. Todo era malo. Como ocurre con las cárceles, hay distintas casas de niños. Y ésta era especialmente mala. Lo más duro era soportar el frío, no calentaban la casa. Sobre todo resultaba insoportable el invierno. La tinta se helaba en las plumas. Hacía frío en las clases, en los dormitorios, frío en todas partes, allí donde te metieras. En las demás casas de niños hacía frío en los pasillos, pero en ésta, era en todas partes. En las demás casas de niños en el pasillo te podías arrastrar hasta los radiadores de la calefacción; en ésta, en cambio, los radiadores eran unos inútiles pedazos de hierro congelado. Una casa de niños mala, muy mala.

Habían traído a un chico nuevo. Parálisis cerebral. Era un muchacho muy grande, fornido, que se estremecía a causa de las convulsiones. Suelen ser raras las convulsiones tan constantes y fuertes. Las niñeras agarraron al chico de los brazos, lo condujeron al dormitorio y lo colocaron sobre la cama.

Tenía el rostro deformado, el habla resultaba incomprensible, casi incomprensible. Yo lo entendía. No era muy despierto, pero tampoco un completo idiota, como lo consideraban casi todos, empezando por los educadores y acabando por los compañeros de su edad. Estaba sentado sobre la cama, repitiendo sin parar, como un conjuro, un sonido extraño, más parecido al chasquido de un ave rapaz: «Qrms», «qrms». En ruso no hay palabras formadas sólo de consonantes. Yo lo sabía e intenté descifrar las vocales por los labios o, mejor dicho, por el movimiento de sus músculos faciales. El muchacho no estaba loco. Repetía día y noche una frase sencilla: «Quiero mi silla». Aunque tampoco se le podía tomar por normal. El muchacho aún no había comprendido la situación, no comprendía nada. En aquella casa de niños no había qué comer, ¿de qué silla de ruedas hablaba?

Los internos tenían derecho a escribir a sus padres. Cada semana la educadora intentaba convencer insistentemente a los niños para que escribieran. Cada semana los niños se negaban obstinadamente a escribir a casa. Estúpidos niños. Les entregaban un sobre gratis y una hoja de papel en blanco.

En las clases de los pequeños casi todos escribían cartas. Las hojas con los garabatos infantiles eran entregadas a la educadora, ésta corregía los errores gramaticales, introducía la carta en el sobre y la mandaba a casa. Todos sabían qué se debía escribir en las cartas. Todos escribían sobre las notas escolares, sobre los entregados maestros y el espíritu de camaradería que reinaba en la clase. Cada día de fiesta los niños recibían una bonita postal, todas iguales, para felicitar a los padres. A los adultos les encantaban las postales. Había que rayar la postal con un lápiz, luego escribir el borrador del texto de la felicitación. La educadora corregía los errores en el borrador. Entonces ya se podía copiar el texto con lápiz en la postal, y luego, si el texto no tenía errores, repasar las letras escritas en lápiz con tintas de colores. Todos sabían también qué no se podía escribir. No se podían escribir cosas malas, por ejemplo, estaba prohibido referirse a la comida. Sobre todo a la comida. Pero los estúpidos padres en sus cartas, no se sabe bien por qué, siempre preguntaban justamente por la comida. Por eso todas las cartas empezaban casi siempre con la misma frase: «Querida mamá: la comida es buena». Por las cartas buenas los niños recibían una felicitación, por las malas, una reprimenda. Las cartas especialmente malas se leían públicamente en clase en voz alta.

Los chicos mayores no escribían cartas. Los padres ya sabían sin sus cartas qué era una casa de niños. ¿Para qué hurgar una vez más en la herida? Y si alguien de verdad tenía que escribir una carta, un sobre siempre se podía comprar, con tal de tener dinero... Por lo demás, eso de entregar la carta a la educadora era algo que sólo podían hacer los niños no muy espabilados. Porque todos sabían que, según las instrucciones, la educadora tenía que llevarse la carta a casa, leerla y sólo después de leerla decidir si la carta se podía mandar o no. Cualquier persona mayor podía echar una carta en el buzón. Este sencillo servicio se solía pedir a las niñeras, y un chico se las había arreglado para mandar sus cartas a través del conductor del camión que traía el pan. Cada día traían pan a la casa de niños. El chico se acercaba al chófer y le decía a escondidas: «Écheme esta carta al buzón, por favor». El chófer miraba a un lado, a otro, tomaba en silencio el sobre y se subía al camión. Las cartas de aquel niño salían el mismo día; sus padres lo sabían por el matasellos. El chico nos aseguraba muy orgulloso que todos los chóferes eran buenas personas. Su padre era chófer.

Puede ser que la educadora se creyera de verdad que los muchachos mayores no escribían cartas, es posible que sospechara algo, pero, de todos modos, una vez a la semana, los intentaba convencer de que escribieran su carta. La mujer soltaba su parrafada y todos los demás callaban. Era lo acostumbrado. Si la educadora le daba la lata mucho a alguno de los muchachos, éste se veía obligado a aparentar haber decidido escribir la carta. Escribía deprisa sobre una hoja de papel: «Comemos hasta casi reventar», metía la carta en el sobre y lo cerraba con cola para montar maquetas. Ninguna de aquellas cartas llegaba a sus destinatarios, tampoco hacía falta. En cambio, al chico ya no lo volvían a molestar.

El recién llegado seguía sentado en su cama, gritando y llorando. Al principio las niñeras no lo trataron mal; por la mañana lo bajaron de la cama, lo dejaron en el suelo y le preguntaron cómo quería que lo colocaran para que se pudiera arrastrar. El minusválido yacía en el suelo agitando pies y manos y mugía algo incomprensible. Cuando lo colocaron sobre el vientre mugió con aún mayor fuerza. Las niñeras lo volvieron a depositar sobre la cama y se fueron. ¿Qué más podían hacer?

El chico gritaba, mugía y lloraba. Día y noche. Sus compañeros al principio quisieron darle una paliza, para que cerrara el pico, pero no lo hicieron. A los subnormales no les pegaban. Simplemente pidieron a la administración que lo trasladaran a otra sala. Nadie quería pasarse la noche oyendo sus gritos. Mientras los mayores decidían dónde instalar a aquel desgraciado, los chicos intentaban distraer al idiota. Le traían pelotas hinchables, juguetes infantiles: todo era inútil. Pero los chicos no se rendían. Porque finalmente algo le debería gustar, se decían. Alguien le ofreció una libreta, una libreta gorda de hojas cuadriculadas. El imbécil se alegró y meneó afirmativamente la cabeza. Se agarró a la libreta, se calmó y de pronto dijo con claridad: «Dame». Aquel inesperado éxito llenó a todos de alegría. Le pedían una y otra vez que repitiera: «Dame». Él decía la palabra y dibujaba una sonrisa. La palabra «dame» le salía bien. Podía pronunciar con claridad, casi sin tropezar, las palabras: «Mamá», «papá», «dame», «sí» y «no». La palabra «no» la pronunciaba con gran dificultad, primero le salía una «n» casi inaudible, luego venía una pausa y luego soltaba una prolongada «o-o-o...». Pero con eso bastaba. Pidió un bolígrafo. Le trajeron un bolígrafo y, ya sin preguntarle, una mesa que le acercaron a la cama. Dejaron el bolígrafo sobre la mesa. El chico se quedó un instante quieto e inesperadamente agarró con la mano derecha el bolígrafo, se recostó con gesto seguro sobre la mesa, aprisionando bajo su cuerpo la libreta, abrió la libreta con la barbilla y clavó el boli en una hoja en blanco. Se sentó con los brazos abiertos a cada lado, que se estremecían sin sentido, y con los pies bajo la mesa marcando una ráfaga de golpes caóticos. El chico se reía y los demás muchachos se reían con él.

La vida del recién llegado cambió. Por las noches dormía como un tronco y desde por la mañana las niñeras le colocaban un bolígrafo en una mano y dejaban ante él la libreta. Se pasaba el día sentado en la cama, ora cayendo con todo su cuerpo sobre la libreta intentando una y otra vez acertar con el bolígrafo en la hoja en blanco, ora enderezándose entre risas alegres, mirando encantado sus dibujos. Dos semanas los chicos de la sala durmieron tranquilos. Dos semanas el idiota se pasó dibujando paciente en la libreta sus extraños garabatos, sus enrevesados arabescos, imágenes y signos que sólo él entendía. Cuando en la libreta no quedó ni un espacio en blanco, el muchacho se puso a gritar. Se puso a gritar de nuevo. Las libretas en la casa de niños se valoraban mucho, y más las de hojas cuadriculadas. Pero el idiota quería dibujar y los chicos querían dormir por las noches. Así que le compraron otra libreta, para que siguiera dibujando. Pero él ni siquiera la miró. Tiró el boli al suelo y colocó a su lado sobre la cama la vieja libreta, aquel juguete arrugado e inútil, y se puso a gritar.

Ahora todos entendían qué decía al gritar. Chillaba «mamá». Chillaba a voz en grito. Los chicos ya se habían acostumbrado un poco a su manera de hablar. Todos se esforzaban por entender qué quería, intentaban convencerlo de que no gritara, le prometían traerle aún más libretas, pero todo resultaba inútil. Le nombraban palabras una tras otra, pero a todas contestaba con un «no». Entonces empezaron a pronunciar letras. Simplemente a leer el abecedario, y si la letra le gustaba decía «sí». Así se formó la palabra «carta». La cosa estaba clara. El chico quería que mandaran aquellos dibujos a su madre. Llamaron a la educadora. La mujer se pasó largo rato examinando la libreta. Las hojas arrugadas estaban abarrotadas de signos extraños. En algunos lugares los signos se desperdigaban por la hoja, en otra se amontonaban apelmazados formando un espeso ovillo de líneas entrecruzadas. Algunas páginas estaban llenas de redondeles. Las circunferencias eran de diverso tamaño, pero siempre aparecían cerradas, aunque sólo con mucha imaginación se las podía tomar por la letra «o». Además, ¿quién se pondría a dibujar la letra «o» en dos hojas seguidas?

La educadora se negó a mandar aquella libreta a los padres. Esto es una carta, aseguraba, y yo debo conocer su contenido. Se avecinaba un escándalo. ¿Qué sentido se podía encontrar en aquellos absurdos garabatos? La severa educadora cuando acabara su turno se iría a su casa, a dormir tranquilamente, en cambio a los chicos ¿les tocaría pasar la noche en blanco escuchando los bramidos del idiota? La educadora se vio obligada a buscar una rápida solución a aquella situación incómoda. Se acercó al chico nuevo.

—¿Esto es una carta?

—No.

—¿Son tus dibujos?

—Sí.

—¿Quieres que los mande a tu mamá?

—Sí.

—¿Qué te parece si no le mandamos a mamá toda la libreta? ¿Por qué no elegimos los dibujos más bonitos y se los mandamos?

—No, no.

Pronunció dos veces «no», una palabra que le costaba mucho articular. Y luego se puso a gritar. Gritaba «mamá», pataleaba e intentaba decir «no» una vez más. Pero no le salía.

—Bueno, bueno. Lo he entendido. A mamá le gusta mucho que dibujes. Le mandaré tus dibujos. Le escribiré una carta a tu mamá. Le escribiré que te gusta mucho estar aquí, que tienes muchos amigos y que te gusta mucho dibujar. Porque te gusta estar aquí con nosotros, ¿verdad?

—Sí.

Ésta fue la conversación. La educadora mandó la libreta a los padres. El chico nuevo se calmó. Se pasaba las noches durmiendo y durante el día se quedaba sentado en su cama con la mirada fija en un punto.

Al cabo de un mes a la casa de niños trajeron sillas de ruedas. Trajeron muchas sillas de ruedas, hubo para todos. También le dieron una silla al chico nuevo. Las niñeras lo agarraron por los brazos, el chico se levantó. Lo acompañaron hasta la silla, lo sentaron. Intentaron colocar los soportes para los pies, pero él no se dejó. Se llevaron los soportes. El chico tomó impulso con los pies en el suelo y echó a correr. A correr a toda velocidad. Impulsándose con sus fuertes pies sobre el suelo, echó a correr por el pasillo.

En la siguiente reunión de clase la educadora riñó al chico nuevo. Pronunció las acostumbradas tonterías que se dicen en estas ocasiones. Sobre cómo se desvivía el país, privándose del último pedazo de pan para dárnoslo a nosotros y, en cambio, él lo desagradecido que había sido. La educadora le demostraba que ella se había portado con él como con una persona, ella había mandado la libreta a sus padres, cuando resultaba que él en la libreta había escrito cosas que cubrían de barro a todo el colectivo y que mostraban en los tonos más sombríos la vida de la casa de niños, cubriendo así de oprobio a todo el consejo pedagógico y al personal auxiliar. La educadora hablaba y hablaba. Pero el chico nuevo no la escuchaba. Cuando la mujer llegó al apartado de las acusaciones de rigor y empezó a reprenderlo por su falta de corazón y su carácter desalmado, el chico apartó con un pie el pupitre de la clase y salió rodando al pasillo.

Ya no le dejaron escribir más cartas. Tampoco lo pidió. Después de las clases, corría paseándose por el pasillo, se pasaba horas enteras jugando con una pelota hinchable. Durante las comidas acostumbraba a pedir un segundo plato. Había que darle de comer con la cuchara, las niñeras no querían servirle la segunda porción. Intentaban explicarle la razón, pero todo era inútil. El muchacho perseguía a la niñera con su silla hasta que ésta se rendía. Las niñeras intentaban huir de la persecución encerrándose en su cuarto. Pero él se quedaba junto a la puerta y gritaba. Cuando ya no podían más, salían de la habitación y le daban un plato más de sopa o de papilla. Poco a poco todos se acostumbraron al chico y, con tal de deshacerse de aquel pelma de minusválido, siempre le daban ración doble.

Cuando nos quedábamos a solas yo hablaba con él. Él pronunciaba las frases muy despacio, articulando cada palabra, y se me quedaba mirando interrogante e incrédulo. Yo repetía sus palabras. Poco a poco empezó a confiar en mí y ya no fue necesario repetir sus palabras. Hablábamos sin más. Un día le pregunté qué es lo que concretamente había escrito en aquella carta.

—Rubén, pensé mucho.

—Ya sé que pensaste mucho y escribiste una buena carta. Pero ¿qué escribiste?

—«MAMÁ, DAN MAL DE COMER Y NO TENGO SILLA.»

Toda la primera hoja de la primera carta que había escrito en su vida estaba llena de letras «m». «M» pequeñas y grandes. El muchacho confiaba que al menos una de las letras de toda la página fuera comprensible. A veces para una letra gastaba varias hojas. La gorda libreta de noventa y seis hojas estaba toda garabateada.

—Las cuatro primeras letras sobraban —intenté convencerle.

—Pensé mucho.

—Pero, de todos modos, las cuatro primeras letras sobraban. Te hubieran podido faltar hojas en la libreta.

Se quedó pensativo. Luego dibujó una amplia sonrisa y, lentamente, con gran claridad, pronunció: «Ma-má».

Pastelillos

Una casa de niños, una casa para los niños. A los niños los preparan para la vida futura, la vida de los adultos. Además de las asignaturas generales, en la casa de niños dan clases de supervivencia en un mundo nada sencillo, un mundo que empieza tras las puertas de la escuela. A los chicos les enseñan a manejarse con la electricidad, a serrar marquetería, a montar y reparar muebles; a las chicas, a coser, a tejer, a cocinar. No es tan sencillo, no resulta fácil enseñar a un chico sin manos a cambiar un enchufe eléctrico, parece casi imposible enseñar a tejer a una niña manca. Es difícil. De verdad, muy difícil. Nuestros profesores conseguían hacer lo que los padres del niño minusválido no podían ni soñar.

Estoy tumbado en el suelo de la clase. Entra una chica con una bandeja en las manos. En lugar de una mano lleva una prótesis, pero según nuestros criterios, los criterios de la casa de niños, es una chica casi normal. Sobre la bandeja hay unos pastelillos. Pastelillos calientes, dorados.

—¿Dónde están los chicos? Hemos hecho pastelillos —dice—. Las chicas hemos hecho pastelillos; nos habían prometido venir a la cocina a probarlos.

—Están en el cine.

—¿Cómo en el cine?

—Hoy los han llevado al cine, mañana iréis vosotras. Hoy tenéis clase de cocina.

—¿Por qué no nos lo han dicho? ¿Y ahora qué haremos con los pasteles?

Coloca la bandeja sobre la mesa del profesor, se sienta en un pupitre, toma un pastelillo y me lo acerca.

Es un pastelillo de patata y cebolla. Me como el pastel.

—Está bueno —le digo—. Os han salido muy buenos.

La chica no me oye. Mira pensativa al espacio que tiene delante.

—Qué raro. ¿Dónde estarán los chicos?

La pelea

Las peleas en la casa de niños no eran frecuentes. Pero cuando había pelea, se luchaba sin piedad. Había reglas para las peleas. No se permitía morder ni agarrar del pelo; la ley del orfanato prohibía los cuchillos y las porras. Si el grado de invalidez no era equivalente se permitía la venganza. La venganza nunca prescribe. Yo conocía a un chico que contaba orgulloso haber dado un empujón a alguien que lo había ofendido. Lo había tirado bajo las ruedas de un coche por una ofensa hacía año y medio. Lo empujó con poca fortuna, el coche acababa de arrancar y el golpe no resultó fuerte. En la reunión nocturna el transgresor fue declarado inocente. Quien había empujado al otro sólo tenía un brazo, y el empujado tenía dos brazos pero una sola pierna. Todo fue correcto. Era imposible una pelea justa. El chico se vengó, es decir, se comportó como es debido. Cuando al herido le dieron el alta del hospital, los chicos hasta se hicieron amigos. La fuerza infundía respeto. Todo el mundo tenía derecho a ser fuerte.

A mí me gusta el otoño. Después de pasar las vacaciones de verano en casa, en otoño los afortunados regresaban al orfanato. En otoño se hacía más ruido y había más alegría, la comida era abundante y buena, se contaban historias interesantes sobre la casa, el verano, los padres.

Y odio la primavera. Nunca me ha gustado. En primavera mis mejores amigos se iban de vacaciones. En primavera confiábamos en que justamente aquel año se llevarían a casa a alguien que no se habían llevado el anterior.

Todos abrigaban esperanzas, incluso aquellos que tenían a sus padres demasiado lejos, incluso los huérfanos. Nos esforzábamos por pasar la mayor parte del día en el patio de la escuela, junto a las puertas del orfanato. No se hablaba del asunto, sólo esperábamos, sólo confiábamos. Yo no tenía esperanza alguna, sabía que nadie nunca vendría a buscarme.

Aquel otoño Serguéi regresó triste. Era raro ver triste a Serguéi. Como es natural, todo el mundo estaba algo triste después de las vacaciones, todos añoraban su casa. Pero el encuentro con los amigos, las nuevas impresiones, los nuevos libros del curso hacían más llevadera la tristeza. Pasábamos de curso en curso, nos hacíamos mayores.

Serguéi, un muchacho sin piernas, repetidor, se presentó en nuestro pabellón con su carrito. Quería pedir consejo a los golfos. Hablaba más que nada con Guenka.

—Me han retado a una pelea.

—Serguéi, tú eres el más fuerte del orfanato. Todos lo saben. ¿Quién se ha decidido a pelear contigo?

—Ésta es la cuestión, que no es aquí, sino afuera, en la calle.

—¿Por qué es la pelea?

—Por una mujer. Me dijeron que me echarían a un hoyo y que me enterrarían. Eso fue un día antes de volver al orfanato. Me dijeron que si aparecía por casa el verano que viene me matarían.

Todos sabían que a Serguéi afuera lo esperaba una chica. Una chica sana. Una muchacha guapa, normal. Nuestras chicas ni siquiera intentaban insinuarse a Serguéi. Sabían que, cuando Serguéi acabara la escuela, se casaría con su chica.

Guenka no preguntó nada de la mujer. No era la costumbre. Si quiere, él mismo te lo cuenta. Pero si no, es asunto suyo.

—No sé qué decirte. Nunca he estado afuera. ¿Es fuerte el tipo?

—Pues claro. Es un año mayor que yo, estudia en la escuela profesional.

—Entonces estás perdido. Te matará. Ya sólo con las piernas te pateará hasta matarte.

—Eso mismo me digo yo. Pero he de pelear.

Guenka se quedó pensativo. En la casa de niños no había nadie más inteligente que Guenka. El propio Guenka lo sabía. Aquello era un orfanato. Y allí era casi imposible esconder la verdad. Todos lo sabían todo de los demás. Sabíamos quién era el más fuerte en el orfanato, en qué clase estudiaba la chica más guapa.

—¿Sabes, Serguéi? Creo que tienes una posibilidad. Muy pequeña, pero la tienes. Tienes que tumbarlo, tirarlo al suelo. Y si se cae, le saltas a la garganta. Él tiene dos piernas más que tú, es más fuerte. No hay otra salida.

Serguéi ya sabía que no tenía otra salida. De manera que a partir de aquel día se puso a «cargar músculo». Aquel año se pusieron a «cargar» todos. En el patio de la escuela se instalaron barras de gimnasia; el electricista y el profesor de gimnasia soldaron con varios tubos unas primitivas barras de entrenamiento. Casi desaparecieron las borracheras. Los maestros estaban felices. Los chavales se pasaban casi todo el tiempo libre en el patio de la escuela. Serguéi, un muchacho con prestigio, dejó de fumar, y también lo dejaron los que decidieron «cargar». Es cierto que algunos no lo resistieron y volvieron a fumar. Serguéi se mantuvo.

Cada día. Una hora cada mañana, dos, cada noche, cuatro sesiones los sábados y los domingos. Durante los nueve meses del curso el orfanato estuvo «cargando músculo».

Los que sólo tenían un brazo, cargaban los músculos del único brazo que tenían. De pronto algunos se pusieron las prótesis. Las inútiles imitaciones de mano de plástico se convirtieron en realmente necesarias. A medida que avanzaban los entrenamientos, las prótesis se llenaban de plomo, para que no se desviara la columna, para que la columna no se doblara hacia el lado sano. Y además, la propia prótesis se convertía en un arma nada desdeñable en la pelea.

Había en el orfanato un chico sin brazos, completamente sin brazos. Aquellos a los que les faltaban sólo las manos podían desarrollar sus muñones para pelear con las prótesis. Él no podía llevar prótesis. Las suyas, unos juguetes inútiles, no hacían otra cosa que molestar y nunca las llevaba. Pero «cargaba» más que nadie, más incluso que Serguéi. Se sentaba en un taburete, introducía los pies bajo el armario y se dejaba caer hacia atrás hasta casi tocar con el cogote el suelo. «Cargaba» siempre. Incluso cuando hacía los deberes. Aprendía versos. Repetía lo que habían hecho en la clase y «cargaba». Decía que así lo memorizaba todo mejor. Por las tardes golpeaba largo rato con las plantas de los pies un tomo de periódicos colgado de la pared. Daba un salto y pegaba con la planta en las hojas de los periódicos, retrocedía y golpeaba de nuevo. Cada día arrancaba con los dientes lleno de orgullo un número de periódico cosido al tomo. Un día, cuando el paquete de periódicos había adelgazado notablemente, durante uno de aquellos ejercicios, de la pared empezó a descascarillarse la pintura y el pliego de periódicos se desprendió del clavo. El chico prosiguió golpeando con ira los ladrillos desnudos. Llegaron los mayores, pintaron la pared, no lo riñeron, pues comprendieron que no lo había hecho adrede. A modo de broma, le recomendaron que se entrenara con la pared de hormigón del garaje. El chico sin brazos se levantaba antes que nadie, salía al exterior y golpeaba la pobre pared de hormigón. Ahora podía ejercitar sus piernas también por las mañanas, sin molestar a los chicos que dormían.

Serguéi tenía brazos. Y desarrollaba su cuerpo con normalidad. Sólo que cuando se alzaba en la barra se colocaba en la espalda una mochila. Primero cargaba en ella poco lastre, para compensar con su peso la carencia de piernas. Luego Serguéi empezó a añadir más lastre a la mochila. E incluso con una mochila llena de pesas podía alzarse más de cuarenta veces en una sesión.

La idea de la mochila le gustó hasta al profesor de gimnasia. Él también empezó a venir a los entrenamientos con una mochila. Entre las obligaciones del maestro de gimnasia estaba hacer con los niños los ejercicios matutinos, de todos modos a las clases de gimnasia no venía casi nadie. Pero aquel año el profesor de gimnasia se convirtió en la figura central de la escuela, más importante que el profesor de Matemáticas. Ayudaba muchísimo a los muchachos, él mismo se inventó unas barras de ejercicios para los minusválidos. Les prevenía contra las sobrecargas y les daba largas lecciones de anatomía. Era un buen maestro.

Serguéi se sentía especialmente orgulloso de sus empujones. Llamaban «empujones» a unas pequeñas tablas con manillas con las que los minusválidos sin piernas se empujaban impulsándose en el suelo, moviéndose sobre unos carros bajos con cojinetes. Serguéi se hizo sus empujones él mismo, en la clase de trabajos manuales, soldando unos tubos de aluminio. Aquellos empujones de aluminio con suelas de goma pronto dejaron de ser livianos. Cada tarde Serguéi encendía una pequeña hoguera en el patio de la escuela, allí fundía plomo y vertía un poco en las manecillas. Y éstas cada día se hacían más pesadas. Las usaba como de costumbre. Como siempre, paseaba por el territorio del orfanato sobre su carro, sólo que ahora siempre llevaba a mano sus pesas. En primavera cada empujón llegó a pesar cinco kilos justos. Cuando alcanzó los cinco kilogramos Serguéi decidió parar.

Al llegar las vacaciones de verano, despedimos a Serguéi en silencio. Habíamos comprobado que tras los meses de entrenamiento Serguéi se había puesto muy robusto, pero el hecho no significaba nada. Cada vez que Serguéi conseguía algún resultado, cualquiera que fuera, nosotros comprendíamos que de todos modos con aquello no bastaba, ni mucho menos. Serguéi se entrenaba cada día, pero estaba más que claro que en algún lugar de su ciudad natal también se entrenaba su enemigo, «cargando» cada uno de los músculos de su cuerpo entero. Cuando Serguéi alcanzó por primera vez las cincuenta flexiones en la barra, nosotros estábamos convencidos de que su adversario no lo haría menos de cien veces. Y si Serguéi levantaba ocho veces una pesa con la mano izquierda, el adversario, creíamos, lo haría veinte.

El verano pasó deprisa. Un verano más en el orfanato. En otoño, como siempre, los padres traían a sus hijos a la escuela. También trajeron a Serguéi. Nadie le preguntó por la pelea. Sólo, en cierta ocasión, cuando Serguéi vino una vez más a ver a los golfos, Guenka le preguntó, o le dejó entender la cosa. Masculló algo impreciso sobre el descanso veraniego. Serguéi entendió enseguida, se sintió confuso y bajó la mirada. Le resultaba incómodo negarse a contestar a Guenka.

—Ni hubo pelea —dijo Serguéi en voz queda—. No la hubo. Me lo encontré la primera noche que llegué a casa. Estaba con otro fumando. Yo le pregunté si se acordaba de mí. Y él me contestó que sí, que se acordaba. Entonces le golpeé con todas mis fuerzas con un empujón en una rodilla. Le rompí la pierna, que se le fue para atrás. Cayó al suelo. Y se puso a chillar, a llamar a su mamá. Le golpeé un par de veces en la barriga. Y lo dejé sin voz. Me di la vuelta hacia el otro, pensando que tendría que enfrentarme a los dos, pero el amigo ya se había ido corriendo a avisar a los mayores. El chivato. Llegó la gente, llamaron a un médico. Me preguntaron con qué le había dado; dije que con las manos. Valiente follón se armó... Y, en efecto, él llevaba en el bolsillo una navaja.

—¿Y luego?

—Luego nada. Su padre vino a casa. Él y el mío hablaron, tomaron un trago. Yo le expliqué toda la verdad a su padre. Luego nos conocimos. Un chico normal, sólo que flojo. Se pasó el verano en muletas. Lo extraño es que un día lo llamé para ir a pescar, y él me dijo que no le dejaban ir lejos con las muletas. Los padres también eran raros. Yo les intentaba hacer entender que medio orfanato andaba con muletas, pero no lo entendían. En cuanto a la pesca, este verano ha sido bueno. He pescado un lucio. Hubo buena pesca.

Por la noche los golfos se pasaron largo rato discutiendo. No podían entender por qué el chaval de la pierna rota no siguió peleando, si le quedaban aún dos brazos y una pierna sana, además de la navaja en el bolsillo. Era un chico raro, y su amigo también, un tipo extraño.

La bicicleta

Toque de silencio. Los mayores apagan la luz y se marchan. Los niños han de dormir. El mejor momento del día son las dos horas después del silencio. Aún no tienes ganas de dormir. Está oscuro. Si no hay ninguna fiesta, no vale la pena encender la luz. En un día de fiesta puedes abrir las conservas guardadas para la ocasión, beber vino o, si no hay vino, tomarte al menos un té. Si no es día de fiesta y no tienes ganas de dormir, puedes charlar. Por la noche puedes hablar de lo que te apetezca, nadie se va a reír de ti. Por la noche te puedes acordar de tu casa, de tu madre, de tu padre. Por la noche se puede. Nadie te dirá que eres un flojo o un hijito de mamá. Por la noche no te lo van a decir.

Aquella noche hablábamos de los padres. Yo callaba. Cuando no había de qué hablar, me pedían que contara algo interesante de los libros que había leído. Y yo contaba. Aquella noche no tenía nada que decir. Sólo escuchaba.

Como casi siempre en otoño, los chicos discutían quién tenía los mejores padres. Se entiende que los padres de todos eran buenos. Las madres más buenas del mundo, los padres más fuertes del mundo. No todos tenían padre. Pero para aquellos que lo tenían, el suyo era el más, el más de todos.

—Mi padre es muy bueno —intervino un chico—. El mejor.

—¿No habías dicho que bebía?

—¿Y qué que beba? Sigue siendo muy bueno. Este verano el vecino le regaló a su hijo una bicicleta para su cumpleaños. Una bicicleta de mayor, de dos ruedas. El chico les dejaba a todos que montaran. En la calle todos montaban por turno en ella. Mi padre se pasó tres días sin beber, pensando. Iba de un lado para otro de la casa, furioso. Mamá le trajo cerveza, pero ni la cerveza quiso probar. Me cogió la libreta y la pluma y se puso a hacer cuentas. Se dirigió a la sección de contabilidad, luego al comité del sindicato. El sábado se marchó a la capital de la región y regresó sobrio. Me trajo una radio. Mira, me dice: nuestro vecino le puede comprar una bicicleta a su hijo sólo por su cumpleaños, en cambio yo puedo hacerle regalos a mi familia cuando quiero. Se pasó dos semanas sin beber. Se pidió el turno de noche, para que le pagaran más. Era una radio grande, cara, nadie tenía una igual. En el dial aparecían todas las ciudades del mundo. Se podía captar en ella lo que querías. Tanto música como programas para niños. Hasta había una emisora en la que unos locutores leían libros para los ciegos. Yo la escuchaba cada día. Era una buena radio. En cambio, la bici del vecino de todos modos pronto se rompió. Mi padre es listo, él sabe lo que hay que comprar. Porque una radio es mejor que una bici, ¿no es verdad?

Nadie quiso discutir. La cosa estaba clara. Una radio es algo serio, en cambio una bicicleta... ¿Qué es una bici? Un hierro con dos ruedas, nada más.

La española

Estoy en un hospital. Acostado, enyesado hasta la cintura. Recostado sobre la espalda. Así más de un año. Miro al techo. Durante más de un año miro el mismo punto en el techo. No tengo ningunas ganas de vivir. Me esfuerzo por comer y beber menos. Lo logro. Hago esfuerzos porque sé que cuanto menos comes, menos ayuda necesitas. Pedir ayuda a los demás es lo más horrible y desagradable del mundo.

Llega la visita médica. Acompañado de estudiantes muy jóvenes, un doctor recorre todas las salas. Se acerca a mi cama. Echa un vistazo a mi historial y lee en voz alta lo que llevo oyendo un año entero. Se refiere a mis manos, a mis piernas y a mi discapacidad mental. Estoy acostumbrado. Las visitas médicas son frecuentes. En este hospital me he acostumbrado a muchas cosas. Casi todo me da igual.

El médico retira la sábana que cubre mi cuerpo, saca un puntero y señala con gesto inacabable y monótono mis miembros a los adormecidos estudiantes. Les explica el tratamiento que han empleado y demás tonterías. Los estudiantes están a punto de dormirse.

—¿Cuántos son dos y dos? —me pregunta de pronto el doctor.

—Cuatro.

—¿Y tres y tres?

—Seis.

Los estudiantes se animan, parecen despertar. El doctor explica de manera sucinta y convincente que no todas las partes de mi cerebro están dañadas. «El niño sabe incluso su nombre y reconoce a los médicos.» Me sonríe. Conozco estas sonrisas; las odio. Así se sonríe a los niños muy pequeños o a los animales. Sonrisas falsas.

—¿Y cuántos son dos multiplicado por dos?

Vocaliza con fruición la palabra «multiplicado». Esto ya es demasiado. Hasta para mí, hasta para este hospital, para este maldito hospital, esto es demasiado.

—Dos por dos son cuatro; tres por tres: nueve; cuatro por cuatro: dieciséis. Tengo frío. Cúbrame con la sábana o al menos cierre la ventana. Sí, soy un débil mental, lo sé; pero también los débiles mentales a veces tienen frío. No soy un conejillo de Indias.

La expresión «conejillo de Indias» la he oído en la sala de vendaje. El doctor me mira muy raro. Se queda inmóvil, no dice palabra. Una muchacha del grupo se inclina veloz sobre mí, me cubre con la sábana y con la misma rapidez se retira.

La visita ha terminado.

Por la tarde viene a verme una mujer vestida de calle, joven y hermosa. No lleva bata. Hace más de un año que no he visto a nadie sin bata blanca. Se inclina decidida sobre mí y me pregunta:

—¿Eres español?

—Sí.

—Yo también soy española. Estudio en la facultad de Pedagogía. Nos han pedido un trabajo sobre el *Cantar de las Huestes de Ígor*. El texto es difícil, no entiendo nada. ¿Podrías ayudarme?

—Pero yo soy joven, usted en cambio estudia en la facultad.

—Tutéame.

—Vale, intentaré ayudarte.

Saca un libro del bolso, acerca una silla a mi cama, y empieza a leer. Lo hace lentamente, casi sílaba a sílaba. Conozco casi todas las palabras «difíciles» y las que no conozco vienen explicadas en unas notas muy cómodas. Es un buen libro.

Oscurece. Ella tiene que irse. Cierra el libro, se levanta.

—No hemos leído todo el poema, vendré mañana. Me llamo Lolita.

—Y yo, Rubén.

Sonríe.

—Ya sé cómo te llamas, Rubén. Vendré mañana.

Por la noche apenas puedo dormir. Nunca nadie me había venido a ver. Casi todos mis conocidos tenían a alguien «en la calle»: padres, abuelos, hermanos. Un georgiano hasta había recibido la visita de un primo hermano. Sus padres habían muerto y él creció en casa de su tío. El georgiano me explicó que el primo hermano es un pariente carnal. Me dijo que un pariente carnal es la persona más próxima de uno de toda la Tierra. Él tenía muchos parientes carnales. Yo no tenía a nadie.

Al día siguiente vinieron a visitarnos los miembros de nuestro Patronato. La facultad de Pedagogía se había convertido de pronto en la patrocinadora de la sección infantil de nuestro hospital. Es decir, tal vez ya lo fueran formalmente antes, pero fue justo aquel día cuando aparecieron por primera vez en nuestra sala. Entre ellos, claro está, se hallaba Lolita. Llevaba la bata echada sobre los hombros.

Se acercó hasta mi cama.

—Ya ves, he venido. ¿Por qué lloras?

Venían a menudo, casi todos los domingos. Lolita no estaba siempre entre ellos, pero cuando ella venía se quedaba largo rato junto a mi cama. Hablábamos. Charlábamos. Hablar con alguien era muy importante para mí, casi demasiado para el alma de un niño. Era un lujo delicioso. Pero a ella nunca le bastaba, siempre quería más. Visitar a un niño enfermo le sabía a poco. Un día los estudiantes trajeron un proyector. En la sala de recreo echaron una película de dibujos animados. Yo, como siempre, me quedé solo en mi habitación. Entró Lolita, me miró, dijo algo, y yo respondí. Pensé que estaba de mal humor. Ella salió corriendo. Al domingo siguiente los estudiantes llevaron el proyector a mi habitación. Colocaron mi cama junto a la pared. En la mancha luminosa de la pared un lobo divertido intentaba atrapar sin éxito a una liebre astuta. Vi toda la serie, los diez capítulos de los dibujos animados más populares de Rusia. Los veía por primera vez en mi vida.

Con Lolita todo era por primera vez. Por primera vez me trasladaron a una camilla y me sacaron a la calle. Por primera vez en toda mi vida en el hospital pude ver el cielo. El cielo, en lugar del techo eternamente blanco.

Es fiesta. Fiesta en el hospital. Las fiestas no tenían nada que ver conmigo, me importaban un bledo. Los que se divertían eran los demás.

Lolita entró en la sala, guapísima, vestida con un traje español, muy pintada, sin bata.

—Rubén, ahora van a traer la camilla para llevarte a la sala de recreo. Hoy voy a bailar.

Bella y alegre. Ella sí que era una fiesta.

Entró una enfermera. Una enfermera corriente, en bata blanca.

—Está prohibido trasladar al enfermo. Le han operado hace poco.

Con la llegada de Lolita se me había olvidado la operación. Los médicos habían vuelto a cortar una vez más el yeso, una vez más sentí aquel dolor inútil. De manera que prohibido. Siempre todo estaba prohibido. A decir verdad, yo ya me había acostumbrado a aquellas eternas prohibiciones. En cambio, Lolita no. Salió corriendo de la sala. Se marchó.

Pocos minutos más tarde llegaron varios haciendo ruido. Hablaban en español. Lolita, Pablo y un muchacho bajito, con bigote. Pablo llevaba una guitarra. Yo conocía a Pablo. El del bigote empezó a hablar en ruso.

—Tienes que volver al acto. Ahora mismo.

—Bailaré aquí. Aquí y ahora.

—Bailarás donde te digan. Me llevo la guitarra. Pablo, vámonos.

—Pablo, ¿te vas?

Lolita miraba de frente al muchacho alto. Clavó su mirada en él, alegre y desafiante. Pablo bajó la mirada.

El del bigote se marchó, llevándose consigo al pobre Pablo. Nos quedamos ella y yo en la habitación.

Lolita se puso a bailar. Bailaba marcando el ritmo con los dedos.

Lolita bailaba. Bailaba para ella. Taconeaba tensa y severa una melodía lejana y extraña. Sin guitarra, sin Pablo. Bailaba de verdad, con todo el cuerpo.

Algunas veces a nuestro orfanato venían grupos de baile. Jóvenes estúpidas, que apisonaban con esmero el escenario del club de nuestro orfanato. Salía el presentador, anunciaba el número siguiente. Volvían a salir las mismas niñas bobas que pisoteaban la tarima con nuevos pasos. Un aburrimiento.

Sólo una vez se rompió este ritual. El día de la Victoria vino a vernos uno de aquellos grupos de baile. Como en las demás ocasiones, pusieron la música de siempre. De pronto entró en escena nuestro profesor de Historia y murmuró algo al oído del desprevenido acordeonista. Y el profesor se puso en cuclillas y empezó a recorrer el escenario a saltos, haciendo sonar las medallas sobre su pecho. Las muchachas se apartaron para dejar paso al veterano de la guerra, para no molestar. Se habían dado cuenta de que el hombre había bebido y que había que dejarle bailar. El profesor, en efecto, había bebido aquel día. Por algo era el día de la Victoria. Bailaba bien, salvaje y libremente. Su intervención me resultó algo conocida. Todo él respiraba fuerza y libertad. Nunca jamás vi nada parecido.

Pero la primera vez que vi un baile vivo, de verdad, fue en aquel hospital del norte de Rusia. Un baile auténtico, un baile español.

Llegó el día de la despedida. Lolita debía regresar a su país.

—Te encontraré, pequeño. Te escribiré sin falta. Espera mi carta.

Había prometido escribirme; y yo, una vez más, no me lo creí, como nunca había creído en nada.

—No me podrás encontrar. Ni siquiera sé a qué orfanato me van a llevar.

No me lo creí.

Pasados dos años llegó una carta. Una carta normal. La primera carta de mi vida. Dentro del sobre había una postal bonita. Una española bailando, vestida con un traje de colores. En la postal el traje estaba bordado con hilos de colores. En Rusia no se hacían postales así.

La educadora me había traído la carta. Dejó delante de mí el sobre abierto. Y se sentó frente a mí.

—Rubén, tengo que hablar contigo seriamente. He leído la carta. No hay nada en ella que te deba preocupar. Al menos por el momento. Comprenderás, espero, que no vas a poder contestar. España es un país capitalista. No es recomendable escribir a países capitalistas. Cada extranjero puede ser un espía. Eres un niño inteligente y comprendes que la dirección de esta casa de niños no puede hacerte correr un riesgo tan grave.

Tomó el sobre y se fue.

Me quedé largo rato mirando la postal y luego la escondí en el libro de Matemáticas.

A la mañana siguiente la postal que había guardado en el libro había desaparecido.

Volga

El Volga. El Volga es un gran río ruso. También hay un coche que se llama así: Volga. Hay diferentes coches. Cuando era pequeño pensaba que en el mundo sólo había el Volga, el Moskvich y Zaporózhets. En los libros se hablaba de otros coches, pero yo nunca los había visto.

Cada año en mayo se organizaba en la escuela una fiesta de final de curso. A aquella velada se invitaba a ex alumnos de otros años. Muchos llegaban en coches. Los maestros los recibían y se alegraban de todos. Se alegraban incluso de aquellos que llegaban en «invalidka». Una «invalidka» es un cochecito con motor de ciclomotor. Pero se alegraban sobre todo de los que venían en Volga. El Volga es un coche caro. Si un ex alumno se compraba un Volga se convertía en un ex alumno especial. En las reuniones conmemorativas lo invitaban a la presidencia, le encargaban leer el discurso a los que se licenciaban.

A veces hablábamos de coches. Los chicos discutían sobre qué padre tenía mejor coche. No todos los padres tenían coches. Ni mucho menos. Algunos tenían moto en casa. Las motos no contaban. Únicamente contaban los coches de propiedad. También eran de propiedad los coches de los abuelos y de los hermanos mayores. Un chico no tenía padre, pero su madre tenía coche. Él se sentía muy orgulloso de su madre y de su coche. Si los padres vivían no lejos del orfanato y venían a visitar a su hijo en coche, no había nada que demostrar. En cambio para los que vivían lejos, la cosa se complicaba. Se podía, claro está, enseñar la foto de la familia con el coche al fondo. Pero ¿quién se cree una foto a la primera? Si el padre mencionaba el coche en una carta, la cosa cambiaba. Si los padres escriben que el coche tiene la rueda pinchada, eso quiere decir que el coche existe. Los padres no van a mentir. ¿Para qué?

Yo entonces no sabía si mi padre tenía o no coche. Tampoco lo sé ahora. Cuando nos veamos se lo preguntaré. Tampoco sabía entonces que yo tenía el mejor abuelo del mundo. Mejor imposible. Que mi abuelo era el secretario general de un partido comunista. Yo no sabía que él luchaba por la libertad del pueblo español, ni que durante muchos años vivió en la clandestinidad. No sabía que era amigo de Picasso. Y no sabía que por Rusia lo llevaban en un Volga negro.

Si hubiera venido a verme al menos una vez. Habría llegado en Volga a nuestra pequeña ciudad. Y todos habríamos visto qué coche tenía mi abuelo. Y a lo mejor Picasso le habría dado al abuelo para mí un cuadro, un cuadro pequeño. Uno grande le habría dado lástima regalármelo. ¿Pero uno pequeño? El cuadro lo habríamos colgado en el club, junto a otros cuadros, debajo de los retratos de los miembros del Buró Político. Allí ya había cuadros, cuadros pintados por el padre de un niño. El padre de este chico era pintor y decorador de una fábrica y el muchacho se sentía muy orgulloso de su padre y de sus cuadros en el club. No, el cuadro de Picasso se habría debido colgar en la sala de profesores o en el despacho del director. Picasso estaba bastante por encima de un pintor decorador.

Habría venido con el secretario del Comité Regional del Partido Comunista de la Unión Soviética. Nos habrían reunido en el club. El director habría pronunciado un discurso de bienvenida y habría ofrecido la palabra al abuelo. Todos se habrían enterado de que mi abuelo fue el mejor agente secreto soviético, como Richard Sorge o Shtirlits. Y no importaba que Shtirlits saliera sólo en el cine. Nos habían contado que el auténtico Shtirlits seguía vivo hasta hoy y que estaba llevando a cabo una misión secreta.

Todos habrían visto qué abuelo tenía. Un secretario general del Partido Comunista es más importante que los maestros, más importante que el director del orfanato. Habría subido a la tribuna a leer un discurso sobre la situación internacional, y todos habrían comprendido al instante que él era allí, en su país, España, el más grande. Tan grande que más ya no se podía ser. No había nadie más grande que él. Sería casi como Leonid Ilich Brézhnev.

Habría visto mi cuaderno de notas con sobresalientes, mi fotografía en el cuadro de honor del colegio. Me habría querido al instante, como un abuelo a un nieto. Porque mi abuelo era una buena persona. El abuelo más bueno del mundo, como el abuelo Lenin, como Leonid Ilich Brézhnev. Todos nosotros sabíamos que Leonid Ilich Brézhnev quería mucho a los niños y cada día se preocupaba de que todos los escolares soviéticos tuvieran una infancia feliz.

Pero es posible que no tuviera tiempo para venir a verme. Puede ser que lo vigilaran los espías americanos. Tal vez se viera obligado a vivir en la clandestinidad. Entonces quizá me habría podido mandar una carta, o un paquete incluso.

Y yo habría recibido un paquete, un enorme paquete con chorizo. Yo solo no me habría comido el paquete. Les habría dado a todos un trozo de salchichón español. También a los maestros y a las niñeras. Incluso a nuestro perro de tres patas le hubiera dado un trocito. Todos habrían probado mi salchichón y se habrían asombrado. Todos se dirían el uno al otro: «Qué salchichón más raro tienen en España, ¿verdad?». Y el perro también se habría sorprendido. Pero el perro no habría dicho nada. Los perros no hablan.

Aunque puede ser que no tuviera dinero para un salchichón. Es posible que él, como el abuelo Lenin, se viera obligado a esconderse en una cabaña. Y, como el abuelo Lenin, no comiera nada, sólo bebiera té de zanahoria, y cuando los obreros y los campesinos le mandaran alimentos, él no los comería, sino que daría hasta la última miga a los niños de los orfanatos.

Pero entonces habría podido llamar. Podría haber llamado al director de nuestra casa de niños por un teléfono secreto. El director de nuestra escuela era comunista, y los comunistas siempre se ayudan entre ellos. Me habrían llamado a su despacho y me habrían contado con gran sigilo sobre mi abuelo, el mejor abuelo del mundo. Y yo lo hubiera entendido todo. Yo era un niño inteligente. Todo lo que yo necesito saber es que él está en alguna parte, saber que realiza una misión secreta y que no puede venir a verme. Yo habría creído que él me quería y que vendría algún día. Y lo hubiera querido incluso sin el salchichón.

O a lo mejor él no había tenido miedo de que lo descubrieran. ¿Y si a lo mejor él había comprendido que los espías americanos rara vez se asoman a nuestra pequeña ciudad de provincias y a mí me hubieran dejado contar todo sobre mi abuelo secreto? Contar sólo un poquito. Mi vida habría sido completamente distinta. Dejarían de llamarme negro de mierda, las niñeras dejarían de gritarme. Y cuando mis maestros me alababan por mis buenas notas, ahora comprenderían que no soy simplemente el mejor alumno de la escuela, sino que soy el mejor, como mi heroico abuelo.

Y yo me habría convencido de que después de acabar la escuela no me llevarían para dejarme morir. Me vendría a buscar mi abuelo y me llevaría. Todo habría cambiado para mí. Dejaría de ser un huérfano. Si una persona tiene parientes, no es huérfana, es una persona normal, una persona como las demás.

Pero Ignacio no vino.

Ignacio no escribió.

Ignacio no llamó.

Yo no lo entendía. No lo entiendo. Nunca lo entenderé.

El loco

Una casa de niños. Una casa de niños es un lugar como debe ser. Si has ido a parar a una casa de niños has tenido suerte. Acabarás la escuela, regresarás a casa hecho otro hombre, una persona completamente distinta. En la habitación colgará tu certificado de estudios, y tendrás por delante toda una vida. Toda una vida por delante. ¿Que te faltan los pies, o las manos?, tonterías. Por ejemplo, el vecino Petia regresó de la guerra sin piernas y allí está, haciendo su vida. Tiene una mujer que es una hermosura, la hija estudia lenguas extranjeras en la universidad: es una chica culta. Todo le va sobre ruedas al tío Petia. A Petia le ha enseñado mucho la guerra; a ti, el orfanato.

Llegarás a casa, tomarás con tu padre tus tragos de vodka, encenderéis un pitillo. El padre lo entenderá todo, ha estado en el ejército y conoce el valor de las cosas. Sólo la madre se echará a llorar. Malo. Cuando las mujeres lloran, siempre es malo. No llores, mamá, todo me irá bien, bien como a los demás. No peor que al tío Petia.

La casa de niños no sólo es un internado. Es también una escuela. Una buena escuela, los maestros también son buenos. Libros con mucha sabiduría y tres comidas cada día. La casa de niños es un buen sitio. Con buenos amigos. Amigos de verdad, para toda la vida.

Al orfanato llegó uno nuevo. Un tipo que andaba, un PCI. Parálisis cerebral infantil. Yo también tengo parálisis cerebral infantil, pero el nuevo lo tenía todo más o menos en orden. Unos andares inseguros, los brazos abiertos a los lados. La cara se le estremecía en un constante intento de retener la saliva. Listo o idiota, no se podía descubrir por la cara. Un nuevo es un enigma. Un nuevo siempre es un misterio y siempre una distracción.

En la casa de niños hay una costumbre divertida. Cuando un PCI se distrae, se queda muy pendiente de algo o se concentra en alguna cosa, hay que acercársele a escondidas y gritarle al oído. El tipo, del susto, da un salto y si no se recobra al momento incluso se puede caer de la silla. Si simplemente da un salto y se le cae de las manos la pluma no es muy divertido. Lo mejor es esperar a que tome un té caliente o un vaso de vino. Con el vino es cuando más gracia hace. Porque el té se lo pueden volver a poner, en cambio con el vino no hay palabras que valgan. Si no has vigilado o has bajado la guardia, pues apechuga.

Yo conocía este defecto mío de estremecerme ante un golpe o un grito fuerte, por eso en circunstancias extrañas siempre me colocaba en una posición cómoda, o me metía en un rincón o me escondía debajo de la mesa. La precaución es una norma. ¿Y cómo si no? Aquello era un orfanato.

El nuevo entró en la habitación con total confianza, con demasiada confianza. Se quitó la mochila y se dejó caer en la cama más cercana. Los pies en dirección a la puerta, la mano, en gesto acostumbrado, buscando un pañuelo en el bolsillo. Alcanzó el pañuelo y se secó la inexistente saliva.

De pronto la gente irrumpió en la sala entre carcajadas. Los amigos, los futuros amigos.

—¡Oye tú, nuevo! ¿Qué haces en mi cama?

—U-u-n momento. Ahora me levanto. Soy PCI.

Pronuncia la palabra «PCI» con precisión, dando a las letras todo su sentido. Está claro que el chico no bromea. Quiere decir que no se encuentra bien y que por eso se ha dejado caer sobre la primera cama.

—Pues levántate. Nada de estar tumbado. Se han acabado las clases. Ahora vamos a comer. ¿Quieres un té?

Le llenaron toda una taza de té, hasta el borde. Y le echaron todo el azúcar que cabía. Enseguida se veía que eran unos buenos chicos. Al parecer, lo habían admitido en el grupo. El muchacho nuevo, haciendo acopio de toda la fuerza de su voluntad, se sentó, se levantó poco a poco y se trasladó a una silla. Levantó con ambas manos la taza metálica, aún caliente, e intentó tomar un sorbo, y...

—¡¡Pam!! —gritó muy alto, demasiado alto, un chaval con muletas.

El otro se cayó. La mano, en gesto automático, alejó la taza de su cuerpo hacia el del ofensor. Pero no acertó. ¡Si le hubiera dado en el ojo! Soñar no cuesta nada. Es como la lotería, que nunca toca. La taza se le clavó en la sien al maldito. Como mucho le quedará un morado, no más. Espera un minuto. Sólo un minuto. En total tan sólo un minuto, mientras todos se parten de la risa.

Un, dos, tres...

Recuerda lo que has leído de Cassius Clay o Mohammed Alí, no importa. Ellos aún no lo saben. Ni imaginárselo pueden que allí, en la República de Chuvashia, tú eres campeón de boxeo de la ciudad entre los sanos. «Entre los sanos», título que te has dado a ti mismo. Todos los demás títulos, al contrario, limitan. Campeón del mundo entre los sanos, suena como un insulto personal. Pero tú no has ofendido a nadie. El árbitro no pudo buscarte las cosquillas. La saliva te cae de debajo del gorro: pero es de la furia. Las manos te tiemblan, las piernas te bailan: ésta es la táctica de tu entrenador. Dar siempre la cara. La cara. Siempre aparentar ser una persona. Dárselas de... En realidad tú ya sabías que mucha gente normal no siempre lo era. Que sólo de vez en cuando se ponen en tensión para resolver problemas concretos. En cambio, tú estás siempre tenso. A ti te da igual, golpear con la derecha o golpear con la izquierda, tus brazos no funcionan. Pero si hace falta, si hace mucha falta, entonces te puedes poner en tensión superando el dolor, una tensión nerviosa y una fobia a la secreción de saliva. Entonces puedes. Entonces lo puedes todo. Puedes hacerlo todo y nadie te lo va a prohibir. Entonces le das un golpe certero a la gorra del adversario. Un golpe normal. Como siempre. Como toda la vida. Como de costumbre. Porque tampoco te aplaude nadie cuando logras abrocharte la bragueta. Ellos se abrochan la bragueta cada día y no les dan medallas por ello. Y el alcalde de la ciudad no les da un apretón de manos en la recepción oficial.

Cuatro, cinco, seis...

Hay que levantarse. La camisa mojada y el hombro escaldado por el agua hirviendo son una tontería. Podría haber sido peor. Todo es posible. Podían haberle atacado de noche, cubrirlo con una manta y darle una paliza. Porque sí, por ser un novato. Para que se enterase de cuál es su lugar. O saltarle encima todos a la vez, a la luz del día. Siempre es mejor cuando ocurre a la luz del día. Por lo demás, tampoco es tarde, luego vendrá la noche y entonces me pegarán. Por eso hay que levantarse, y hacerlo deprisa. Ser fuerte y despiadado. Qué pocas ganas de pelearse, ningunas, pero no hay otro remedio.

Se levantó. Qué raro, se siguen riendo. No han comprendido. Miró a su alrededor. Se acercó al muchacho que le gritó al oído. Un niño pequeño, dos años menor que él, escuálido, sobre muletas. ¿Por qué lo habrá hecho entonces? Es extraño.

Lo golpeó. El chico cayó al suelo, las muletas volaron por los aires. Lo empezó a machacar. No le dejaron pegarle mucho rato, se le echaron por detrás y los separaron.

—¿Qué tienes? Si ha sido una broma. ¿O no entiendes las bromas?

—La-a-a-a-s entiendo.

¡Maldita sea! Te pones a tartamudear en el momento más inoportuno. Ahora pensarán que te has asustado.

Lo sueltan. De nuevo se pone en pie. Se levanta lentamente y se dirige hacia donde está el chico caído. Hay que pegar. Pegar largo rato, entonces verán que vas en serio, entonces te tomarán por una persona.

—¿Adónde vas? No; basta.

Ante él se alzó un muchacho, por su aspecto parecía sano y de su edad. No había modo de precisar su invalidez. Se diría que cuando se acercaba arrastraba un poco una pierna.

—Basta. Cálmate. Me llamo Hamid.

Midió mentalmente sus fuerzas con Hamid. Bien, le doy en la mandíbula y al suelo. Luego podía caer sobre él con todo el cuerpo y machacarlo a golpes. No por mucho rato, no me dejarán. Luego habrá que pelear con todos a la vez. Bueno, empecemos.

Hamid lo comprendió todo al instante. Retrocedió un paso y sonrió.

—¿Qué, estás loco? ¿Ahora me vas a pegar a mí? ¿Y yo qué te he hecho? Kolia te ha gastado una broma, una simple broma, y tú lo has golpeado. Ahora estáis en paz. Ya basta.

—Bien. Basta. Pero por la noche lo mato. O él a mí.

Hamid volvió a sonreír.

—¿Qué pasa, que te has empachado de libros sobre prisiones? Esto no es una prisión. Es una casa de niños. Nadie mata a nadie. Y las peleas tampoco son frecuentes. ¿Lo has comprendido? Lo de Kolia ha sido una broma. Mejor te sientas y te tomas el té.

—Ya lo he tomado.

Hamid es un as. Enseguida se ve que es un chico con cabeza. Además, no es el primer día que está en el orfanato.

—¿Y vino tomarás?

—Tengo tres rublos.

—¿Y no tienes más?

—¿Te lo tengo que dar todo ahora?

—No te enfades, es una broma.

Los labios temblaron, la cabeza se ladeó hacia atrás.

Hamid comprendió, lo comprendió todo.

—No lo hagas. No te calientes. Tu dinero es tuyo. Nadie te lo va a quitar. Aquí además pocas veces te roban. ¿Cómo te llamas?

—Alekséi.

—¿Aliosha entonces?

—Alekséi.

Alekséi dio un paso al frente. Se ve que, a pesar de todo, tendría que haber pelea.

—Bueno, bueno, te llamas Alekséi. Pero también te podías llamar Aliosha, ¿no es verdad? ¿Qué diferencia hay? No te quería ofender. Dame la mano.

Se estrecharon la mano.

—¿Has traído algo de comer?

Alekséi sonrió, tomó de la cama la pesada mochila, la dejó caer sobre la mesa. Tiró de las correas y la mochila se abrió. Sacó el contenido, alcanzó del fondo dos pesas de cinco kilos. Se apartó para sentarse en una cama.

—¡Al ataque!

Hamid distribuyó con calma las provisiones sobre la mesa. Tocino, cebolla, ajo, varias latas de carne ahumada. Ni un caramelo, ningún dulce. Dejó a un lado el bote de compota.

—La compota es de la abuela, no me la quería llevar —dijo en tono de excusa, algo cohibido y casi sin tartamudear Alekséi.

—Todo está bien, es buena comida. Y la compota también nos servirá. Rebajaremos el vodka con ella. ¿No habrás traído cigarrillos?

—No fumo.

—Bien hecho. Yo tampoco.

Por la noche bebieron vino.

Consiguieron cuchillos, cortaron pan y tocino.

Hamid elaboraba unos esmerados bocadillos de pan con tocino, dejaba en la mesa uno a su lado y otro delante de Alekséi.

Alekséi hizo un intento de intervenir, queriendo demostrar que él también podía manejar el cuchillo, pero Hamid ni siquiera lo quiso escuchar.

—Descansa. No te ofendas por la ayuda. Además, yo lo haré más deprisa que tú, ¿no es cierto?

Hamid alcanzó la botella y la abrió. Se llenó un vaso y se lo bebió lentamente. Sirvió el segundo a Alekséi.

—¿Podrás con el vaso lleno?

—Échamelo en la taza.

Sacó de la mochila una taza de aluminio con una gran asa.

—Vaya con el nuevo, no tiene un pelo de tonto. En un vaso caben doscientos gramos[*]; en cambio, en una taza hay cuatrocientos.

---

[*] En Rusia se suele medir en gramos la capacidad de los recipientes para bebidas alcohólicas. *(N. del T.)*

—No es eso. Yo no puedo levantar el vaso. Échame media taza, si te da pena.

—Como quieras. Te la llenaré. Bebe. Te saltarás una ronda y listos.

Alekséi tomó una silla, la puso al otro lado de la mesa, para sentarse de espaldas a la ventana. Colocó ante sí en la mesa una pesa. Hamid llenó la taza entera de vino y la dejó en la mesa frente a Alekséi.

No es difícil. No cuesta nada beber de una taza. Hay que agarrar fuertemente el asa con la mano derecha, abrazar la taza con toda la palma izquierda y beber poco a poco. Da igual qué bebas, ya sea té, ya sea vino.

Mientras Alekséi bebía todos callaron. Vaya con el nuevo. El primer día y se ha bebido una taza entera de vino sin respirar siquiera. Acabó la taza y la dejó sobre la mesa. Sacó del bolsillo un pañuelo, se secó la cara y miró alrededor.

Hamid le alargó un bocadillo.

—¿Comes?

—Luego.

—Alekséi, por favor, no te ofendas, pero quita esta pesa de encima de la mesa. Pareces algo loco y no vaya a ser que se haga daño alguien.

El vino empezó a hacer su efecto. Alekséi se echó a reír. Reía en voz alta y con alegría. Dejó la pesa debajo de la mesa. Se acercó los bocadillos y se puso a comer.

Aquél era un buen orfanato, un orfanato como debe ser. Y los muchachos eran buenos.

El Papá Noel

Es primavera. Estamos un amigo y yo. Los dos de las clases superiores y en sillas de ruedas. El amigo fuma. Fuma sin esconder el cigarrillo en el puño, sin mirar a hurtadillas a los maestros que pasan por ahí. Los maestros no le prestan ninguna atención. Que fume, que haga lo que le dé la gana. De todos modos tiene una miopatía. Una enfermedad progresiva. Nadie sabe cuánto tiempo seguirá con vida. Mi amigo ha tenido suerte. Esta primavera se lo llevarán a casa. Para siempre.

—¿Sabes una cosa, Rubén? Este año el Papá Noel no ha sido de verdad.

—¿Has perdido la chaveta? ¿Qué Papá Noel? ¿Cuántos años tienes?

—No me has entendido.

Acaba de fumar el pitillo, enciende el siguiente. Con unos dedos finos y delicados guarda cuidadosamente la colilla en la caja de cerillas. Unos movimientos precisos, lentos. A mí no me hubiera salido.

—No me has entendido, Rubén. La primera vez que me puse enfermo de verdad fue por Año Nuevo; esto era antes de la escuela. Entonces no sabía aún qué me pasaba. Los padres llamaron a un Papá Noel. Llegó tarde. Yo no dormía; me habían prometido un Papá Noel. Mamá entró en el cuarto, vio que no dormía y encendió las lamparillas del árbol. Papá lo invitó a pasar a la cocina, pero él no fue a la cocina, sino directamente a mi cuarto. Vio las medicinas sobre la mesilla, las muletas. Y le dijo a mi padre: «¿Qué vamos a hacer en la cocina? Vamos a sentarnos junto al árbol. De todos modos, ya he acabado mi turno». Trajeron la mesa de la cocina, el vodka, comida. Estuvo genial. Ni siquiera me hicieron recitar versos. Me echaron limonada en la copa. Se tomaron unos tragos. El Papá Noel se quitó la barba. Era un buen Papá Noel; lo llamaban tío Petia. Y la verdad es que no hay Papás Noel sobrios.

Lo comprendí. Recordé mis Papás Noel. Viejos y jóvenes, hombres y mujeres. A nuestra maestra de Literatura, a jóvenes Papás Noel, a los estudiantes de la facultad de Pedagogía. A los Papás Noel médicos, a muchos médicos.

Una vez en la vida vi a un auténtico Papá Noel. Entró en la sala alegre y borracho. Un Papá Noel con la nariz roja. Con voz penetrante de bajo lanzó: «¡Hola, niños!». Y nosotros contestamos como es debido: «¡Buenas tardes, Papá Noel!». Aquel Papá Noel cantó y bailó. Nos leyó versos. Nos miraba sin miedo y con atención. No apartaba la mirada de los niños con trajes de carnaval. Y cuando pusieron una música lenta, bailó con una chica de las clases mayores sin brazos.

Los dos recordábamos. Recordamos cómo el año pasado un jovencísimo Papá Noel, al leer en una hoja los apellidos de los niños, se equivocaba, enrojecía y tartamudeaba, y cuando llegó el momento de repartir los regalos, se encontró mal, muy mal. Se lo llevaron a la sala de profesores y le dieron valeriana.

Era un Papá Noel como Dios manda. Justo en el momento de entrar, se dejó el bastón mágico junto a la puerta. Colocó el saco de los regalos de mentira delante mismo de los pequeños. Los niños no se atrevían a coger nada, les daba vergüenza. Entonces dejó caer todos los caramelos directamente al suelo bajo el árbol.

Hacia el final de la velada el Papá Noel se fue detrás del telón. Regresó sin barba ni abrigo, pero en traje militar de gala. Se puso las gafas, sacó del bolsillo una hoja de papel doblada en cuatro. Leyó tartamudeando algo un texto sobre el partido y el Gobierno, sobre la victoria definitiva del comunismo y sobre nuestra infancia feliz. Y luego, después de esconder aquel papel tan correcto en el bolsillo, gritó con fuerza: «¡Y ahora mis hijitas os entregarán los regalos!». Esperó a que se acabaran los aplausos, bajó del escenario y se dirigió hacia la mesa donde se sentaba el director de nuestro orfanato. Unos jóvenes con galones de cadetes en los hombros, sin el menor parecido con unas hijitas de Papá Noel, introdujeron en la sala unas enormes cajas de cartón con los regalos. Entregaron todos los regalos muy deprisa y correctamente. A todos los niños y a los mayores. Fue un buen Año Nuevo, el mejor Año Nuevo de mi vida.

Mi amigo fumaba. Yo le contaba sobre mi Papá Noel, mi auténtico Papá Noel. Nos entendíamos el uno al otro.

—Tienes razón —le dije—, no suele haber Papás Noel sobrios. Los Papás Noel que no están bebidos no son de verdad.

El perro

Nadie lo trajo. Vino él solo. Entró por el portón, se encaramó con dificultad sobre un banco. Y allí se quedó tumbado, meneando la cola. Era tarde. Casi de noche. Un muchacho salió al patio a fumar y vio al perro. El chico era ya mayor, de las últimas clases. Se guardó el cigarrillo y trajo enseguida agua en una lata.

Sin palabras, invisible, corrió de boca en boca: un «perro». El orden acostumbrado se alteró, los chicos salieron corriendo al patio. Se amontonaron junto al banco. Todos querían acariciar al animal, mirarlo.

En la casa de niños las normas sanitarias prohibían tener perros. Los perros transmiten infecciones, los perros tienen lombrices. De vez en cuando algún perro callejero aparecía por nuestro patio, se acercaba al comedor. Los niños le daban de comer a escondidas, los mayores lo echaban a bastonazos. Lo normal, como debía ser. A la mañana siguiente el perro desaparecía. Por la noche venía un coche y se llevaban al perro. Decían que con los perros hacían jabón. Las niñas llegaban a clase con los ojos hinchados. Los chicos no lloraban. Los chicos no podían llorar. Sólo los de las últimas clases fumaban y lo hacían sin esconderse. Fumaban ante las narices de los maestros, pidiendo a gritos que estallara el follón. Los adultos se esforzaban por no reaccionar; estaban convencidos de que a los niños sólo había que darles tiempo: con el paso del tiempo todo se olvida. Los mayores no eran tontos.

Casi todos los chicos salieron al patio. Sentados o de pie, todos callaban.

De la sala de curas salió una mujer mayor, la enfermera. Se acercó y echó un vistazo rápido al perro.

—Que saquen de aquí a este animal; los niños, a lavarse las manos con jabón y a dormir. Inmediatamente. ¿Qué pasa aquí?

Un chico con muletas, de preescolar. Gitano. Se acercó de un salto al banco y se enfrentó a la mujer.

—No se le puede echar, es bueno. Ha venido él solo.

La enfermera miró con aire condescendiente al crío. Vaya novedad. Estaba acostumbrada a aquello. Ella sabía mejor lo que se debía hacer, ella sabía qué era lo que necesitaban los niños.

—Vete a dormir, chaval. ¿Quién está de guardia? ¿Quién es tu responsable?

El chico de guardia no estaba. El chico de guardia se había ido prudentemente al lavabo. Se había encerrado en el lavabo, y allí estaba fumando un pitillo, esperando.

El crío se mantenía con firmeza. Las manos en las muletas, un pie en el suelo. No tenía miedo a los mayores, tenía de su lado a la casa de niños, a toda la casa de niños. Todos estaban de su lado.

—¡No se le puede echar, le falta un pie!

La enfermera se acuclilló ante el chiquillo.

—No se dice pie, sino pata. ¿Entiendes? Los perros tienen patas y los hombres pies.

De pronto reaccionó. Se estremeció, se puso en pie, se arregló la bata. Una cara serena, tensa. Sin sombra de duda. Una cara segura de llevar razón, el rostro de una mujer ya entrada en años.

Se fue rápidamente y enseguida regresó. Abrió su maletín con los instrumentos.

—Sujetadlo.

Los muchachos agarraban al perro, la enfermera cortaba los sucios mechones de lana de sus costados. Cubría de yodo las heridas abiertas. El perro temblaba, los chicos lo sujetaban, y la enfermera, con gestos serenos y hábiles, hacía su trabajo. Para acabar, cortó con unas tijeras afiladas el pedazo de piel del que colgaba la pata. Le puso un vendaje.

—Que quemen la lana. Mañana llamáis al veterinario y le ponéis todas las vacunas. Cambiadle el vendaje de la pata cada día. Las gasas os las daré yo. Pero si veo que algo no va bien, el perro desaparece. ¿Está claro?

Recogió los instrumentos y regresó a la sala de curas. Lanzó una mirada severa hacia la joven maestra.

—Todos a lavarse las manos ahora mismo y a dormir. Retreta.

Retreta, pues retreta. Todos se fueron por su lado. Sólo el niño gitano se quedó sentado junto al perro. Acariciándole la cabeza. Y no quería marcharse. El perro meneaba perezoso la cola, miraba con placidez los pedazos de salchichón ahumado que tenía ante sí.

La mujer salió al patio, se sentó a su lado en el banco.

—Vete a dormir. Ya es tarde.

El muchacho callaba.

Era una maestra joven, recién salida de la escuela de magisterio. ¿Qué pedagogo podía ser? Se acercó más al chico, alargó la mano para acariciarle la cabeza, éste se apartó; acarició al perro.

—Venga, ve a dormir. No le va a pasar nada a tu perro. He telefoneado al director. Me ha dicho que verá cómo os portáis y entonces decidirá qué hacer con el perro. No se lo van a llevar. Hoy no se lo llevarán.

El perro se recobró poco a poco del hambre atrasada. Todos querían darle de comer. Los pequeños guardaban para él en los bolsillos trozos de pan del desayuno. Las niñas le traían las tortas que habían preparado en la clase de cocina. Los chicos de las clases superiores, de aspecto severo y tenebroso, le traían lo que les sobraba de las borracheras. Los cocineros, primero a escondidas y luego sin tapujos, le daban los restos de la cocina.

Tras aquel invierno al perro le creció un espléndido pelo rojizo. Así lo llamaron: *Rojo*. Las chicas lo peinaban veinte veces al día; le hacían trenzas. El animal lo soportaba todo. Le gustaban más las chicas que los chicos.

Los chicos jugaban con él. Los muchachos se leyeron todos los libros de adiestramiento de animales. El perro saltaba por un aro, entregaba alternativamente la pata derecha e izquierda. Conocía las órdenes: «¡Quieto!», «¡Sentado!», «¡Al suelo!». La orden que más le gustaba era «trae». Podía pasarse horas enteras trayendo la pelota que le tiraban. A los que se encontraban en sillas de ruedas les entregaba la pelota en la mano. Jugaba con todos, se acercaba a todos. Y a aquellos que no podían tirarle la pelota, les ponía la cabeza sobre las rodillas. Era un perro muy listo. Lo entendía todo, lo sabía hacer todo. Lo único que no sabía hacer era andar sobre las patas traseras. Pero tampoco hacía falta que hiciera monadas para conseguir un trozo de pan, no tenía necesidad de hacer la pelota a los hombres. Le daban de comer sin eso.

El director de la casa de niños —un hombre severo, con una cartera negra— un día, al llegar al trabajo, se inclinó ante el perro y le sacudió su pelo rojo. Después le preguntó muy serio:

—¿Cómo va todo? ¿Tienes alguna queja? ¿Los papeles, en regla?

Sus documentos estaban en regla. Lo tenía todo en regla. El perro corría sobre tres patas, ladrando contento a los extraños. A los suyos los reconocía al instante.

Tanto a los que aún no se habían inscrito, como a aquellos que hacía tiempo que ya no estudiaban en la escuela. Y distinguía de manera infalible a los suyos de los extraños.

A veces llegaban extraños. Ahora a los perros forasteros los echaban a bastonazos, y lo hacían no sólo los mayores. Los perros de fuera tenían prohibido adentrarse en el territorio cerrado de la casa de niños. Los perros ajenos tenían pulgas y lombrices. A los perros ajenos les disparaban con tirachinas.

Un día de primavera se presentó un forastero. Dijo ser el dueño del perro. No lo creyeron. El hombre entró, alargó la mano para acariciar a *Rojo*. Y lo creyeron. El buen perro se echó al suelo y se puso a rugir. El rugido furioso se convirtió en gemido. El perro se pegó al suelo y se puso a gemir. Dio un brinco y echó a correr con la cola entre las patas hacia el cuarto de calderas.

Ya el primer día de su estancia en la casa de niños, en la clase de trabajos manuales, le construyeron una caseta. La caseta del perro se hizo según un plano especial. Paredes dobles, un suelo de madera, contra el frío. Las chicas alfombraron el suelo de la caseta con mantas viejas. Alguien le trajo una almohada. Una almohada casera, sin el sello grabado de las prendas del Estado. Los pequeños le traían a la caseta cosas calientes de casa, sus juguetes preferidos. Las muchachas mayores devolvían regularmente todo aquello a los pequeños, les reñían y les explicaban que eso no se podía hacer; todo era inútil. De todos modos, de vez en cuando, alguien llevaba a la caseta alguna prenda humana caliente. El perro dormía en la caseta; le gustaba su hogar. En invierno, cuando hacía mucho frío, pasaba la noche en el cuarto de calderas. El calderero, muy buen hombre, también había estudiado hacía años en nuestra casa de niños. Tenía manos y pies. Era un hombre sano y hermoso. Pero no muy inteligente. Y casi mudo. En los diez años de escuela no había aprendido a leer ni a escribir. ¿A quién le haría falta un tipo así más allá del portón de nuestra casa de niños? Cuando se sentía triste compraba vodka. Vodka y helados. El vodka se lo tomaba él, los helados los compartía con el perro. A menudo se veía al borracho sentado en el cuarto de calderas, mugiendo algo muy importante, mientras el perro comía un helado tras otro. Se sentían bien juntos. Nadie le reñía por el vodka. Porque todos sabían que, por mucho que bebiera, la estufa no dejaba de funcionar. Incluso muy borracho llenaba con esmero la caldera de carbón. Era un buen calderero.

El forastero agitaba los brazos, intentaba demostrar algo, reclamar algo. Los mayores no prestaban ninguna atención a sus conclusiones, los mayores le amenazaron con llamar a la milicia. El hombre salió por el portón, pero se quedó allí, esperando algo.

Un muchacho de ojos negros, con el pelo cortado al cero, un gitanillo más listo que el hambre, corría deprisa con sus muletas, gastando su único zapato hasta agujerearlo. El muchacho se acercó deprisa al extraño, lo observó atentamente y le tiró de la manga:

—Oiga, cómpreme la navaja.

En su palma surgió un cuchillo con un mango artesanal brillante. Alzó el brazo y el cuchillo desapareció. Lo dejó caer y la navaja volvió a aparecer sobre la palma de la mano que le alargaba. Un sencillo juego malabar.

El hombre se inclinó ante el chiquillo.

—Dame eso. Es pronto para que juegues con estas cosas.

—Ahora te lo doy. Pero tú suelta el dinero, el cuchillo es mío.

El chiquillo lanzó el cuchillo por encima del hombro y le mostró las manos vacías. Se agarró de las muletas y se dispuso a irse.

—Espera. Llama a alguien de los mayores.

Salió un chico de las últimas clases. De los que acababan. Un chico alto, el flequillo pelirrojo le caía obstinado sobre los ojos, el pelo le cubría las orejas. Llevaba una manga de la camisa recogida cuidadosamente bajo el cinturón.

Se sentaron sobre un banco junto al portón de la casa de niños. El muchacho sacó un paquete de cigarrillos del bolsillo, con golpe certero sacó un cigarrillo del paquete y lo agarró con los labios. Se guardó el paquete en el bolsillo. Sacó la caja de cerillas. Apretando la caja con el meñique hacia la palma, con el pulgar y el índice sacó hábilmente una cerilla, la encendió y prendió el pitillo. Todo lo hizo deprisa, muy deprisa.

—¿Qué te trae por aquí?

—Vengo a por el perro. Lo comprendo todo, no soy ningún crío. Aquí le habéis dado de comer, le ha crecido el pelo. Te doy una botella de vodka por él.

El chico fumaba y callaba.

—Bueno, para que veas. Que sean dos. Dos botellas de vodka.

—¿Es tuyo el perro?

—Sí.

—Ahora lo veremos. ¿Nació ya sin la pata o la perdió? Mira lo que respondes, porque sé lo que me digo.

—La perdió.

—¿Y por qué ahora de pronto te hace falta?

—Me haré con él un gorro. Mira cómo lo habéis empapuzado. Saldrá un buen gorro.

—Entendido. Bueno, trae el vodka y llévate al perro.

—¿Cómo que «llévate»? Sácamelo tú con el collar.

—¿Llevas el collar?

—Pues claro.

El chico acabó el pitillo, midió con la mirada al hombre. Era un hombre de baja estatura, una cabeza más bajo.

—Oye, buen hombre, cómprame un cuchillo.

—¿Qué os pasa aquí? ¿Estáis todos locos? Otro chico, un pequeño, ya me ha ofrecido uno.

—Tienes razón, buen hombre, es un chico pequeño y su cuchillo es una porquería. Cómpramelo a mí.

El muchacho acercó la mano con la navaja a la cara del hombre, apretó un botón. Salió la cuchilla, una hoja fina y larga. El chico, con un movimiento casi imperceptible a la vista, con un gesto hábil y bien ensayado, cerró la navaja. De nuevo apretó el botón y la cerró otra vez para guardarla en el bolsillo.

—¿O a lo mejor quieres unas manoplas? Acércate al portón cuando oscurezca. No te dé vergüenza. Hago unas buenas manoplas. Y no cobro caro.

—Lo que quiero es el perro.

—Bueno, como digas.

El muchacho se levantó y se dirigió al portón. Se detuvo un instante, sonrió, su cara se iluminó de alegría. Como si se hubiera acordado de algo personal y luminoso.

—Mira lo que te digo, buen hombre, ¿por qué no vamos ahora mismo y te lo llevas? Además, gratis.

El hombre se puso contento.

—Vamos.

—Pero allá tú. El perro ahora está en la sala de calderas. Y el calderero está borracho. Ayer se trajo un cajón de vodka. Y el calderero es un tipo fuerte, puede levantar un coche por el parachoques con una mano. No le hace falta gato. Lo único que pasa es que no tiene la cabeza muy cristiana. Y oye mal. Pero tú háblale poco a poco, él te entenderá. O si no, mira. Dile primero lo más importante, empieza por lo del gorro. Eso del gorro lo comprenderá.

El hombre por fin se dio cuenta de que le estaban tomando el pelo. Soltó una maldición en voz baja y echó a andar para la calle. Estos malditos críos de orfelinato son unos demonios, unos salvajes.

Algún día. Algún día me compraré un perro. Un labrador inteligente, de raza, un perro de pura raza. El perro me abrirá las puertas, me traerá las cosas que se me caigan. Algún día olvidaré al perro de la casa de niños. A aquel perro bueno, pelirrojo y sin un pie.

Las manos

No tengo manos. Aquello con lo que me veo obligado a servirme se puede llamar manos con mucha imaginación. Estoy acostumbrado. Con el dedo índice de la mano izquierda puedo escribir en la computadora, en la derecha se puede poner una cuchara y con ella puedo comer normalmente.

Se puede vivir sin manos. Yo he conocido a un chico sin manos que se adaptó bastante bien a su situación. Lo hacía todo con los pies. Comía con los pies, se peinaba, se desnudaba y vestía. Se afeitaba con los pies. Aprendió incluso a coser botones. Y también enhebraba la aguja él solo. Cada día entrenaba su cuerpo de niño, se «cargaba». En las peleas del orfanato, podía sin mucho esfuerzo golpear con el pie a su adversario en el bajo vientre o en la mandíbula. Bebía vodka sujetando el vaso con los dientes. Era un chaval del orfanato como otro cualquiera.

Vivir sin manos no es tan duro si tienes todo lo demás. El resto, mi cuerpo, se ha desarrollado peor que las manos. Las manos es lo principal. Se puede decir que lo principal de una persona es la cabeza. También se puede no decir. Porque es más que obvio que una cabeza no puede sobrevivir sin unas manos. No importa si son las tuyas o unas manos ajenas.

Serguéi tenía manos. Dos manos fuertes y completamente sanas. Más arriba de la cintura lo tenía todo normal. Manos, brazos, hombros y cabeza. Una cabeza clara, Serguéi Mijáilov. Seriozha.

En la escuela era uno de los mejores estudiantes. Pero esto no le bastaba. Leía sin parar revistas de divulgación científica, participaba en concursos para escolares por correspondencia, realizaba las tareas que se planteaban en las revistas, mandaba y recibía Dios sabe qué documentos.

Debajo de la cintura tenía, en permanente posición de loto, unas piernas retorcidas. Por debajo de la cintura no sentía nada, por eso estaba obligado a llevar una bolsa de orina. Cuando la orina de la bolsa rebosaba, se cambiaba él mismo los pantalones. Todo lo hacía él solo. No tenía que llamar a las asistentas, rebajarse, pedir ayuda. Él era quien ayudaba a los demás, a los que habían tenido menos suerte que él. Daba de comer a un amigo con cuchara, le ayudaba a lavarse la cabeza, a cambiarse de ropa.

No tenía padres. No era de los andantes. Después de la escuela lo llevaron a un asilo de ancianos.

En el asilo lo colocaron en un pabellón con dos abuelos. Dos abuelos inofensivos. Uno, zapatero, hacía cola de pegar en un hornillo eléctrico; el otro, un terminal, casi no se enteraba de nada, de su cama caía la orina. A Seriozha no le dieron muda. Le dijeron que los pantalones se cambiaban cada diez días.

Seriozha se pasó tres semanas en el pabellón sumergido en el olor a mierda y a cola de zapatero. Se pasó tres semanas sin comer nada, procurando beber lo menos posible. Atado a su bolsa de orina, no se atrevió a arrastrarse desnudo hasta el exterior para ver por última vez el sol. Murió a las tres semanas.

Al cabo de un año a ese asilo me habían de llevar a mí. Serguéi tenía manos, yo no.

El asilo de ancianos

Desde los diez años tenía miedo de ir a parar a un manicomio o a un asilo de ancianos.

Evitar el manicomio era fácil. Lo único que se debía hacer era portarse bien, obedecer a los mayores y no quejarse, no quejarse nunca. A los que se quejaban de la comida, o se indignaban por los actos de los mayores, de vez en cuando, los llevaban al manicomio. De allí regresaban calladitos y obedientes, y por las noches nos contaban historias pavorosas de enfermeros malvados.

Al asilo de ancianos iban a parar todos los que no andaban. Sin razón alguna, porque sí. Sólo evitaban los asilos de ancianos quienes podían conseguir una profesión. Después de acabar la escuela los alumnos listos iban a la universidad, los más simples a las escuelas técnicas o laborales. A la universidad sólo iban a parar los más esforzados y más dotados. Yo estudiaba mejor que nadie. Pero yo no era andante.

A veces, acabada la escuela, a quien no andaba lo recogía algún pariente. Yo no tenía parientes.

Desde que me enteré de que un día me llevarían a este terrible lugar, me acostarían en una cama y me dejarían morir sin comida ni cuidados, para mí todo cambió. Los maestros y los educadores dejaron de ser adultos inteligentes y con autoridad. Muy a menudo me encontraba escuchando a un maestro y pensaba que éste sería quien me llevaría a morir.

Me explicaban teoremas y desigualdades. Y yo asimilaba automáticamente el material de la clase.

Me hablaban de grandes escritores y esto no me parecía interesante.

Me contaban historias de los campos de concentración nazis y yo de pronto me echaba a llorar.

Y cuando la niñera de turno una vez más me empezaba a gritar, yo pensaba agradecido que ella tenía razón, que ella tenía derecho a gritarme porque ella cuidaba de mí. Allí a donde me iban a llevar no habría nadie que me acercase el orinal. Ella, esta mujer semianalfabeta, era buena, y yo, malo. Malo porque llamo demasiado a menudo a las niñeras, malo porque como demasiado. Malo porque me ha parido una perra de mierda y me ha dejado para que me cuiden ellas, tan entregadas y buenas. Yo era malo.

Para volverse bueno hacía falta muy poco, sólo un poquitín. Esto lo podía hacer casi todo el mundo, hasta la gente más boba. Había que levantarse y echar a andar.

Los maestros no comprendían por qué no paraba de llorar. Por qué no quería hablar con ninguno de ellos, ni escribir redacciones de tema libre. Hasta los más inteligentes y los más bondadosos de ellos, los mejores de todos, se negaban a hablar conmigo de mi futuro. Otros temas no me interesaban.

Aquel año, cuando acabé el octavo curso en nuestro orfanato cerraron los cursos noveno y décimo. A los alumnos de los cursos superiores los repartieron por otros orfanatos y a algunos los llevaron al manicomio. Unos muchachos normales, bien de la cabeza, a un manicomio corriente.

No tuvieron suerte. Como suele ocurrir con los afectados de parálisis cerebral, tenían defectos en el habla. La comisión que se presentó en nuestra escuela no se anduvo con chiquitas y los mandó a un internado especial para retrasados mentales.

Yo me quedé como el único repetidor. Por ley tenía derecho a estudiar hasta el décimo curso, pero a nadie le importaba la ley.

De manera que me llevaron al asilo de ancianos.

El autobús del orfanato iba dando terribles tumbos, íbamos por un camino lleno de baches. Al asilo de ancianos me llevó el propio director del orfanato. El hombre dibujaba una amplia sonrisa mostrando sus dientes de oro y fumaba cigarrillos Cosmos, fumaba siempre sólo Cosmos. Fumaba y miraba por la ventanilla que tenía delante.

Me sacaron del autobús con la silla. A pesar de todo, yo era un minusválido privilegiado. Los que abandonaban el orfanato no tenían derecho a tener una silla de ruedas. Los llevaban a los asilos de ancianos sin silla, los depositaban en la cama y allí los dejaban. Según la ley, el asilo estaba obligado a proporcionarle otra silla de ruedas en el curso de un año, pero eso era según la ley. En el asilo de ancianos al que me llevaron sólo había una silla de ruedas. Una para todos. Aquellos que podían montarse en ella desde la cama paseaban en la silla por turnos. El paseo se limitaba al porche del internado.

Era otoño. Septiembre. Aún no hacía frío. Un edificio bajo, de madera, construido antes de la Revolución. Sin verja. Por el patio cubierto de maleza se movían unos seres extraños con una especie de gabanes y gorras con orejeras.

Cantaba un coro. Era un coro estable de voces femeninas de edad avanzada. No se veía a las ancianas, estaban dentro de la casa. El canto llegaba del interior.

Junto al río brilla
un campo de flores.
Un muchacho joven
es mi mal de amores...

Nunca. Nunca, ni antes ni después de aquel día, he oído un canto tan lastimero y resignado. Mientras iba en el autobús me sentía nervioso. Pero después de oír aquel coro mi emoción se trocó en apatía. Todo me dio igual.

Introdujeron mi silla dentro de la casa. El pasillo estaba oscuro, olía a humedad y a ratas. Me trasladaron a una habitación, me dejaron allí y se fueron.

Una habitación pequeña. Las paredes desconchadas. Dos camas de hierro y una mesa de madera.

Al cabo de un rato entra en la habitación el director de la casa de niños con un funcionario del asilo de ancianos y una asistenta. Que es una asistenta lo deduzco por su bata azul.

La asistenta se me acerca. Me observa atentamente.

—¡Pero qué jovencito! ¿Qué está pasando? ¿Hasta a los de su edad ya nos los traen? Pero ¿qué está pasando? La gente ha perdido del todo la vergüenza.

Se marcha.

El director de la casa de niños fuma nervioso, prosiguiendo con aire preocupado la conversación interrumpida.

—¿Seguro que no te lo quedas? No sabes bien cómo lo necesito.

—Ni me lo pidas. A ver si me comprendes como es debido. Ahora tiene dieciséis años. ¿No?

—Quince —lo corrijo mecánicamente.

—Quince —admite el hombre—. Se me va a morir dentro de un mes, máximo dos. Y yo sólo tengo derecho a enterrar a difuntos mayores de dieciocho. Porque esto es un asilo de ancianos, ¿comprendes? ¿Y, dime, dónde lo voy a tener estos dos años? Los congeladores están todos rotos. Averiados, ¿me comprendes? Y a ver si te acuerdas. A ver, recuerda: ¿qué me dijiste el año pasado cuando te pedí que me ayudaras con los congeladores? ¿Recuerdas? De modo que ni me lo pidas. Llévatelo al internado de retrasados mentales, ésos tienen derecho a enterrar hasta a los recién nacidos.

—Espera a darme el no. Ven, hablemos. Un momento, tengo que llamar.

Se marchan.

Me quedo sentado solo. Anochece. Por el pasillo pasa corriendo un gato.

De pronto la habitación se llena de un olor algo extraño y muy desagradable. Cada vez huele peor y más fuerte. No entiendo qué está pasando.

Entra la asistenta, lleva una bandeja. Coloca la bandeja sobre la mesa, enciende la luz. Y tengo el honor de contemplar la fuente de aquel olor tan raro. Es un puré de guisantes. Una bola apelmazada de color verde cuyo aspecto sintoniza con su olor. Junto al puré, un plato de sopa y un pedazo de pan. No hay cuchara.

La asistenta mira la bandeja y se da cuenta de que falta la cuchara. Sale. Regresa con una cuchara. La cuchara está cubierta de puré de guisantes pegado. La asistenta toma un pedazo de mi pan y limpia de cualquier manera la cuchara. Tira la cuchara a la sopa.

Se me acerca. Me observa atentamente.

—No. De este invierno no pasa. Fijo.

—Perdone —le digo—. Pero ¿por qué está esto tan oscuro y hay corriente?

—Ésta es una sala de aislamiento, es una buena habitación y además está cerca de la estufa. Luego te destinarán a la sala común para los yacentes. Allí sí que hay corriente. Lo que te digo: no pasas de este invierno. La casa, ya ves, es vieja.

—¿Y aquí hay muchos gatos?

—No hay ningún gato.

—Pues yo he visto cómo pasaba un gato por el pasillo.

—No era un gato, era una rata.

—¿Cómo una rata? ¿De día?

—¿Y qué? De día y de noche. Durante el día aún, pero por la noche, cuando corren por el pasillo, nos encerramos en nuestros cuartos y no nos atrevemos a salir. Son más malas. No hace mucho que se le comieron las orejas a una abuela. Pero come, que se te va a enfriar.

Sale.

Me acerco el plato, tomo mecánicamente la sopa. Un asco. La sopa, un asco. El puré, un asco. La vida, un asco.

Sigo sentado. Pienso. De pronto entra corriendo el director. Se frota contento las manos.

—Y bien, Gallego, no te quieren aquí, pues nada. Nos vamos por donde hemos venido, a la casa de niños. ¿Quieres regresar?

—Sí.

—Pues muy bien.

Mira el plato con la comida.

—Aún llegarás a la cena. Y lo que es al internado psiconeurológico no te llevaremos. ¿Está claro? —y repite con calma—: Ga-lle-go.

—González Gallego —lo corrijo.

—¿Cómo? ¿Qué sabrás tú? Si digo Gallego es porque es Gallego.

Regresamos a la casa de niños. Llegamos a tiempo para la cena.

—A ver, cuenta, ¿qué ocurre allí? —me pregunta durante la cena un chico en silla de ruedas.

—Por la noche —le digo—. Por la noche te cuento.

La lengua

El internado. El asilo de ancianos. El lugar de mi último refugio y puerto. El final. Un callejón sin salida. Apunto en la libreta los verbos ingleses irregulares. Por el pasillo llevan una litera con un cadáver. Los ancianos y las ancianas discuten el menú de mañana. Yo anoto en la libreta los verbos ingleses irregulares. Los compañeros minusválidos de mi edad han organizado una reunión del Komsomol*. Un año más, el director del internado ha leído en la sala de actos un discurso dedicado al aniversario de la Gran Revolución Socialista de Octubre. Yo anoto en la libreta los verbos ingleses irregulares. Un abuelo, un ex presidiario, durante una de las tantas borracheras, le ha roto con una muleta el cráneo a un compañero de sala. Una anciana, veterana emérita del trabajo, se ha colgado de un armario empotrado. Una mujer, postrada en una silla de ruedas, se ha tragado un puñado de pastillas somníferas para abandonar para siempre este mundo correcto y regular. Yo anoto en la libreta los verbos ingleses irregulares.

Todo es regular y correcto. Yo soy un no hombre. No he merecido más de lo que tengo, no me he convertido ni en tractorista, ni en científico. Me dan de comer por lástima. Todo es correcto, regular. Así debe ser. Correcto, correcto, correcto.

---

* Juventudes comunistas soviéticas. *(N. del T.)*

No son correctos, regulares, sólo los verbos. Estos verbos se posan obstinados en la libreta, se abren paso a través del chirrido de las interferencias radiofónicas. Escucho verbos irregulares de la irregular e incorrecta lengua inglesa. Los lee un locutor incorrecto de una irregular América. Un hombre incorrecto en un mundo absolutamente correcto, yo estudio con todas mis fuerzas la lengua inglesa. La estudio porque sí, para no volverme loco, para no convertirme en regular, en correcto.

El bastón

El asilo de ancianos. El asilo es un lugar que da miedo. Ante la impotencia y la desesperación, a la gente se le torna duro el corazón, sus almas se cubren de corazas impenetrables. Nadie se sorprende de nada. Ésta es la vida corriente de un asilo como otro cualquiera.

Cuatro asistentas hacían rodar una carretilla de la ropa blanca. En la carretilla iba un abuelo que gritaba como un poseso. No tenía razón. La culpa era suya. El día anterior se había roto una pierna, y la enfermera jefa había ordenado que lo trasladaran al tercer piso. Para una persona con la pierna rota, llevarla al tercer piso significa condenarla a muerte.

En el segundo piso se quedaban sus compañeros de copas o simplemente tan sólo sus conocidos. En el segundo piso la comida se distribuía con regularidad, y las asistentas retiraban los orinales. Los amigos andantes podían llamar al médico o a una asistenta, traerle unas galletas de la tienda. En el segundo piso, con los brazos sanos, tenías garantizada la supervivencia; podías mantenerte hasta cuando se te curara la pierna, hasta que te volvieran a contar entre los andantes y te mantuviesen en la lista de los vivos.

El abuelo gritaba con voz iracunda enumerando sus méritos pasados en el frente, contaba sobre sus cuarenta años de minero. Amenazaba con quejarse a las más altas instancias. Con manos temblorosas, alargaba en dirección a las niñeras un manojo de medallas y condecoraciones. ¡Valiente estúpido! ¿A quién le hacía falta su quincalla?

La carretilla corría obstinada en dirección al ascensor. Las asistentas no lo escuchaban y hacían su trabajo. Los gritos del anciano menguaron, dejó de lanzar amenazas. Agarrándose desesperado a su inútil vida ya sólo rogaba. Imploraba que no lo trasladaran a la tercera planta hoy mismo, que esperaran un par de días. «La pierna se curará pronto y podré andar», el ex minero se esforzaba inútilmente en ablandar a las asistentas. Y luego se echó a llorar. Por un instante, sólo por un instante se acordó de que en un tiempo fue persona. Dio un salto en la carretilla, se agarró como una lapa a la portezuela del ascensor. Pero ¿qué pueden hacer las manos de un pobre viejo contra la fuerza de cuatro sanas matronas? De manera que así, llorando y gimiendo, lo introdujeron en el ascensor. Y ya está. Había una persona y ya no hay persona.

Los residentes llegaban a nuestra institución por diversas vías. A algunos los traían sus parientes, otros venían por su cuenta, cansados de luchar contra las penas de la vida en libertad. Pero los que se sentían más seguros de sí mismos, los más acostumbrados a aquel asilo eran los ex presidiarios. Los antiguos reclusos, ya perros viejos, al no poder conseguir durante su vida en libertad ni casa, ni familia, venían a parar directamente aquí desde la prisión después de cumplir sus penas.

De buena mañana sonaban el estruendo y los gritos. Las asistentas cubrían de blasfemias a un viejecito esmirriado y vivaracho. En vano le gritaban. Era verdad que él no había querido darles más trabajo.

Todo sucedió como siempre. Estaba jugando a las cartas con un compañero de sala, bebiendo vodka. O una carta salió torcida o el compañero intentó darle el cambiazo, no habría modo de aclararlo, la cosa es que el viejo le arreó con el bastón a su compañero de juego en la cabeza y le dio con tanta fuerza que la sangre que le manaba llenó todo el cuarto y el lavabo adonde se arrastró el jugador malherido, y el pasillo de la sala que da al lavabo. Él no quería que se ensuciara el suelo, es verdad que no lo había querido, pero así resultó la cosa.

El abuelito, al poco de llegar al internado, se llenó el bastón de plomo, un bastón de aluminio corriente, y andaba apoyándose en él. Treinta años a la sombra le enseñaron a preocuparse de su seguridad. Y un buen bastón bien pesado nunca sobra. Apreciaba su arma, le gustaba tener a su lado la garantía absoluta de su invulnerabilidad personal. Y en cuanto al suelo ensuciado, pedía las más sinceras disculpas. Lo perdonaron, pero para alejarlo de la tentación, por si acaso, lo trasladaron a una habitación individual.

Como siempre, temprano por la mañana, las asistentas se pusieron a gritar. Todo normal, nada extraño. Al abuelo ex preso le había dado una embolia. Era algo serio. Se despertó el abuelo y vio que su lado derecho no obedecía a las órdenes de su cerebro dañado. El brazo derecho le colgaba como un pellejo, la pierna derecha se le antojaba un peso inamovible. Se le dibujaba una sonrisa en media cara, y un veredicto fatal: al tercer piso.

Por el cuarto corría la hacendosa enfermera jefa dando órdenes. Las asistentas ya habían desayunado y, contentas, sin prisas se dirigían a cumplir con las órdenes de la superioridad. No había ninguna prisa, ¿el abuelo adónde se iba a escapar?

Sólo que el ex preso tampoco tenía prisa para largarse al otro mundo. No estaba cansado ya del sol, ni se había tomado aún todo el vodka que le tocaba. Entre resuellos se pasó el bastón a la mano izquierda y, acostado, se puso a esperar.

Llegaron las asistentas. Y, al ver al abuelo con el bastón en alto, se quedaron de una pieza.

Y el ex presidiario, sin darles tiempo a recapacitar, sobre la marcha, lanzó una mirada a las mujeres y habló:

—¿Qué? ¿Venís a por mí, perras? Pues, venga, acercaos. ¿Tú serás la primera? ¿O tú? Os partiré el cráneo, os lo garantizo. Y si no os mato, os dejaré buenas.

En la mano segura del anciano el pesado bastón, y en la cara, la mirada pesada e hiriente de una alimaña acorralada.

Una mirada segura, directa. El tipo sabía que aquello era un farol. ¿Qué podía hacer él, paralizado como estaba, contra cuatro sanas mujeronas del campo? Si se le hubieran tirado juntas, le hubieran arrancado el palo. Lo que pasaba es que ninguna quería ser la primera. Tenían miedo de las lesiones, les daba miedo el palo. Porque aquel criminal, si les daba, no tendría ninguna piedad.

Sin dudarlo un segundo, las mujeres salieron de la habitación a la vez. La enfermera jefa corría por el pasillo y les gritaba, las intentaba convencer, todo era inútil.

Llena de rabia impotente, la enfermera jefa llamó a la milicia.

El miliciano era un tipo serio al que le faltaban dos años para la jubilación. Se presentó ante la llamada urgente: modales militares, pistola en la cartuchera.

Entró en el cuarto del ex recluso, miró a aquel infractor del orden público. Y vio en la cama a un viejo reseco que por alguna razón sujetaba en la mano un bastón.

—¿Estás infringiendo el orden público?

—Pero ¿qué dice, jefe, qué orden? ¿No ve cómo estoy?

El miliciano se inclinó sobre el enfermo, apartó la sábana.

—¿Han llamado al médico?

—Una enfermera me ha puesto una inyección.

—¿Y qué quieren de mí?

—Que le quite usted el bastón, que luego ya nos arreglaremos nosotras —intervino la enfermera jefa.

—Salga de aquí, se lo ruego, que entorpece el curso de la investigación —la cortó el miliciano. Luego ajustó la puerta, acercó una silla a la cama y se sentó.

—Ni los capos en el campo eran tan fieras —empezó a justificarse el ex preso—. Me quieren llevar al tercer piso, que es donde se encuentra la sección de los terminales.

—¿Por qué?

—Cualquiera sabe. Mujeres...

—Mujeres —repitió meditabundo el miliciano—. No las entiendo.

Se quedaron callados.

El miliciano se levantó, salió del cuarto.

—Y bien, ciudadanas. Con su residente he mantenido una charla educativa, me ha prometido enmendarse y no transgredir más el orden público. Y si comete algún delito grave no tengan duda en llamarnos, que vendremos, levantaremos acta y haremos que caiga sobre él todo el peso de la ley.

Se arregló la gorra, miró con cara de pocos amigos a las mujeres de bata blanca y se dirigió a la salida.

En cuanto al anciano, después de la embolia se quedó en el cuarto. Y, o bien fueron las inyecciones de la piadosa enfermera, o pudo más el ansia loca de vivir, el caso es que algo lo arrancó del otro mundo y el hombre empezó poco a poco, primero, a sentarse, y luego ya se puso en pie. Así iba por el internado, arrastrando la pierna, manteniendo con firmeza en la mano izquierda el bastón.

Un buen bastón, pesado, un buen instrumento, seguro.

La pecadora

El asilo de ancianos. El día se vuelve noche, la noche se transmuta suavemente en día. Las estaciones del año se funden, el tiempo se va. No pasa nada, nada causa sorpresa. Las mismas caras, las mismas charlas. Sólo de vez en cuando la bien conocida realidad se estremece, se solivianta y da lugar a algo del todo desacostumbrado, a algo que no cabe en los conceptos normales y corrientes.

La mujer había vivido en el internado siempre, parece que desde el día de su fundación. Una persona sencilla y callada, un ser pequeño en un mundo grande y cruel. Una mujer pequeña. Su estatura no superaba la de un niño de cinco años. Los pequeños brazos y piernas estaban sujetos débilmente a unas articulaciones frágiles, de manera que no podía andar. Acostada de cara al suelo, sobre una plataforma baja con cojinetes, se impulsaba con los pies contra el suelo y así se movía.

La mujer trabajaba en el taller de «servicios rituales». Había un taller así en nuestra casa del dolor. Los adornos para los ataúdes, los ramos con flores artificiales y demás trastos funerarios los fabricaban las ancianas del internado para casi todos los difuntos de aquella pequeña ciudad. Los ramos también se podían encargar en el taller del cementerio, pero era bien sabido que allí los ramos eran más caros y los hacían de cualquier manera, sin el debido respeto, tratándose de artículos tan delicados e importantes. Un año tras otro, la mujer fruncía con papeles de colores unas esmeradísimas flores y las trenzaba en los ramos del cementerio: la expresión respetuosa de la atención hacia los muertos.

Nadie molestaba a la desdichada, los trabajadores del internado no notaban su presencia: un carrito arrastrándose lentamente por el pasillo; no pedía ayuda, pues al lavabo y al comedor llegaba ella sola. Los borrachos, que en sus delirios, de vez en cuando, aterrorizaban a todos los habitantes del asilo, no se atrevían a tocar a aquel ser indefenso.

Así vivía la mujer. Durante el día trenzaba flores para los difuntos y por las tardes tejía pañuelitos bordados o cosía ropa. Así un día tras otro, un año tras otro año. Vivía normalmente. Poco a poco acondicionó una habitación a sus humildes dimensiones. Un colchón en el suelo, una mesa bajita, una silla de juguete, pañuelos bordados y cojines tejidos.

Vivió muchos años, demasiados. La abuela había dejado atrás los cuarenta. Demasiados años. Después de la reunión correspondiente, las autoridades decidieron que ya era hora de trasladarla al tercer piso. Una medida habitual dentro de la planificación. El ritmo normal de funcionamiento de una máquina bien organizada. En el tercer piso la acostarían sobre una cama normal, de las grandes, en un cuarto con tres terminales y la dejarían que se muriera poco a poco. Le quitarían su único bien, la libertad de arreglárselas sola.

La mujer había vivido tranquilamente su larga vida, sin pedir nunca nada a las autoridades, y ahora de pronto se puso a pedir hora para ser recibida por el director. Se pasaba horas sentada haciendo cola y cuando le tocaba el turno pedía entre lágrimas que no la echara de su cuarto, imploraba que le dejara acabar su vida en condiciones normales. Los de arriba escuchaban imperturbables sus quejas y rechazaban sus ruegos, hasta que finalmente la empezaron a echar incluso de las colas para pedir hora.

Durante la noche anterior a la fecha señalada para su traslado se colgó de la manecilla de la puerta. La pecadora.

El oficial

Al asilo de ancianos llegó uno nuevo. Era un hombre corpulento sin piernas que se mantenía sentado en un carrito muy bajo. El hombre miró con aplomo a su alrededor y se introdujo lentamente en el edificio. Se orientó enseguida, nadie le tuvo que decir nada. Sin prisas recorrió toda nuestra casa de tres pisos, una sala tras otra. Empezó por el comedor. Miró qué daban de comer, sonrió con cara de pocos amigos, no comió. Era la hora de la comida. Subió en el ascensor hasta el tercer piso, la planta de los condenados a muerte, la sección destinada a los terminales. Examinaba sin expresión de pánico ni de zozobra cada una de las habitaciones, no se tapaba con repugnancia la nariz y no le daba la espalda a la verdad. Vio a los impotentes ancianos que yacían inmóviles en las camas, oyó sus gemidos y gritos. Hacia el anochecer regresó a la habitación que le habían designado, se acostó en la cama.

Una buena habitación del segundo piso. Con un vecino. Sobre la puerta, una hermosa tablilla donde se leía: «Aquí vive un veterano de la Gran Guerra Patria». Eran unas condiciones de vida normales. Se podía visitar tres veces al día el comedor, comer lo que te dieran, por las tardes mirar la tele con todos los demás. La parte correspondiente de la pensión cubriría de sobra las escasas necesidades de un hombre de edad: cigarrillos, té, galletas. Si le venía en gana, nada ni nadie le impedía comprarse una botella de vodka y bebérsela con su vecino, recordar el pasado, contarse el uno al otro cómo eran en otro tiempo, cómo hicieron la guerra y vencieron, yendo de victoria en victoria. Se podía —mientras le quedasen fuerzas en los brazos para empujar su carrito hasta el lavabo, mientras la mano aún sujetase la cuchara, mientras le quedara vida— seguir luchando cada día por el derecho a sentirse un hombre.

Aquella tarde no tenían vodka. El vecino que le había tocado resultó ser buena persona. Aquel viejecito callado, ya resignado a aquella vida a cargo del Estado, se pasó toda la tarde y la mitad de la noche escuchando el relato del recién llegado. El hombre sin piernas, con la voz precisa de oficial, le describía con detalle toda su vida. Pero contara lo que contara todo iba a parar a lo mismo; que durante la guerra había sido oficial de espionaje.

Los oficiales del servicio de espionaje eran guerreros fogueados, valientes, los mejores de todos, la crema de la crema. La élite. Se abrían camino a través de los campos de minas hasta el territorio enemigo, y se iban lejos a la retaguardia del enemigo. No todos regresaban, pero los que volvían retornaban una y otra vez a nuevas misiones tras las filas contrarias. En la guerra como en la guerra. Ellos no huían de la muerte, iban a sus misiones y cumplían las órdenes. La muerte no es lo peor que le puede suceder a un hombre. Tenían miedo de caer prisioneros, temían la vergüenza, la humillación y la impotencia. Entre los agentes de espionaje no había ni prisioneros ni heridos. Según las instrucciones, un individuo si entorpecía el movimiento de un grupo debía pegarse un tiro. Era una instrucción correcta. La muerte de uno es mejor que la muerte de todos. Uno se mataba a sí mismo, el resto seguía su camino para cumplir la misión, que era destruir al enemigo. Vengar a su país por los amigos caídos, por aquellos que dejaron voluntariamente esta vida en nombre de la causa común. Si la herida era tan grave que el soldado no podía pegarse él mismo un tiro, a su lado siempre había un amigo, un amigo obligado a ayudarle. Un verdadero amigo, no un bocazas, un compañero de copas o un simple vecino. Uno que no te traicionaría, que compartiría contigo su último pedazo de pan, la penúltima bala.

El oficial contaba y contaba sin parar. Contó cómo voló por los aires a causa de una mina. Cómo le pidió a un amigo que lo matara. Pero el desdichado incidente se produjo no lejos de la frontera, el amigo cargó con él hasta llegar a los suyos, unos diez kilómetros, no estaban muy en el interior. Habló sobre cómo toda su vida temió ser una carga, cómo trabajó en una cooperativa cosiendo juguetes de peluche. Cómo se casó y tuvo hijos. Unos buenos chicos, sólo que ahora ya no les hacía falta aquel viejo sin piernas.

Y al llegar la mañana el oficial se cortó la garganta con una navaja de bolsillo. Tardó largo rato. El cuchillo era pequeño y poco afilado. Su pobre vecino no oyó nada a través del atento sueño de viejo.

Y murió el oficial de espionaje. Murió correctamente, según las instrucciones. Sólo que no hubo a su lado un amigo, un verdadero amigo que hubiera fumado con él un último cigarro, le hubiera dado la pistola y se hubiera apartado con tacto a un lado para no molestar. No tuvo a su lado un amigo, no lo tuvo. Y es una lástima.

La abuela

Las abuelas se morían en primavera. Se morían en cualquier época del año, constantemente, pero cuando más morían era precisamente en primavera. En primavera hacía más calor en las salas, en primavera se abrían las puertas y las ventanas dejando entrar el aire fresco en el mundo rancio del asilo de ancianos. La vida en primavera mejoraba. Y sin embargo, ellas, que se habían agarrado obstinadas a la vida durante todo el invierno, esperaban la primavera sólo para bajar la guardia, entregarse a la voluntad de la naturaleza y morir tranquilamente. Los abuelos eran muchos menos en el internado. Los abuelos se morían sin tomar en consideración los cambios de las estaciones. No aspiraban a sobrevivir hasta la primavera. Si la vida les negaba el favor de turno en la forma de una botella de vodka o de un buen plato, los viejos se iban de este mundo sin ofrecer resistencia.

Estoy sentado en el patio del internado. Estoy solo. No me aburro, en absoluto. Miro la primavera. Soy joven, estoy seguro de que viviré en este mundo bastante tiempo. Para mí la primavera no tiene el significado que adquiere para la gente anciana.

En las puertas asoma una persona. Una viejecita muy decrépita avanza sujeta al respaldo de una silla. Con un movimiento abrupto alza todo su cuerpo y, apoyándose por un instante en las piernas, empuja con los brazos la silla unos centímetros adelante. Luego arrastra despacio, con movimientos pesados, los pies hasta la silla. Tras mirar a su alrededor y al no descubrir en el patio a ningún conocido, se dirige decidida hacia mí. Un contertulio más, una nueva historia.

La abuela se acerca a mí. Coloca la silla junto a mi silla de ruedas y con gesto lento, pesado, se sienta.

Se pasó toda la guerra trabajando en un koljós. Trabajó de la mañana a la noche. No le pagaban dinero. Además, ¿qué dinero ni qué...? Un único objetivo: todo para el frente, todo para la victoria. Por los jornales les daban sémola. De la sémola hacía papilla. Sólo papilla, nada más. Ni siquiera pan había. Después de la guerra las cosas fueron mejor; el marido regresó sano y salvo. Se marcharon a la ciudad. El marido, de chófer. Y ella se fue a la fábrica. Al marido en la ciudad pronto se lo llevó la bebida y murió. La mujer recordaba la vida en la ciudad como los mejores años de su vida. Hacía sus ocho horas de trabajo y ya era libre. En la fábrica cada día había una comida: un primero, un segundo y compota. Se estaba bien. Después del trabajo todos se iban juntos a cavar los cimientos para las nuevas construcciones; eso era voluntario y sin cobrar. A aquello lo llamaban: «El llamamiento del Komsomol». Enumeraba orgullosa las nuevas edificaciones de la ciudad, en las que estaba su grano de arena. Cavaban las zanjas hasta muy tarde; en invierno en las obras encendían los focos. Y todo era voluntario, se trabajaba con alegría. Por la noche llegaba a casa, comía algo y caía en la cama. Por la mañana de nuevo a la fábrica. Los domingos, cine. Vivían bien.

Se jubiló a los sesenta. Se le cansó la vista, tenía poca para una fábrica de confección. Y al medio año le dio una embolia. Los vecinos la llevaron al asilo de ancianos. Pensó que le había llegado el fin. Pero una vecina de cama le pidió agua de beber. De modo que poco a poco se levantó, ayudó a la vecina, también ella bebió y al parecer se sintió mejor.

Examinó el asilo. Todo estaba bien: se hallaba bajo techo y con un plato de comida. Sólo una cosa estaba mal: todo marchaba mientras las piernas te aguantaban. Porque si caes en cama no habrá quien te auxilie. Te pondrán en la mesilla de la cama un plato con papilla y espabílate como puedas. Por mucho que grites no vendrá nadie. Y me asusté.

Acostumbrada como estaba a trabajar, el cuerpo le pedía hacer algo. Iba por las habitaciones, daba de comer con cuchara a los encamados. Después del desayuno empezaba su ronda diaria. No tenía tiempo de dar el desayuno a todos, que ya era la hora de comer y luego de cenar. Y así cada día, del desayuno a la cena. No tenía tiempo de dar de comer a todos. Entonces decidió en su fuero interno dar de comer sólo a los más débiles, aquellos que estaban a las puertas de la muerte. Y a los más fuertes les ponía en la mano un pedazo de pan de la comida. Con un pedazo de pan ya no te morías.

Las habitaciones olían mal, olían a descomposición y muerte. Las abuelas a menudo pedían el orinal, otras que les cambiaran la ropa. El orinal lo pedían más que de comer, más que de beber. Se negó a hacerlo. Decidió de una vez por todas que ella sólo daría de comer.

Se asomaba a un cuarto y preguntaba si hacía falta dar de comer a alguien. A esta pregunta inocente la gente reaccionaba de diversa manera. Algunos orgullosos respondían con el tono metálico de los engreídos que en aquel cuarto todos andaban, gritaban a la anciana y la cubrían de blasfemias. Porque había una superstición: si la anciana se presentaba en el cuarto eso quería decir que la muerte estaba cerca. Ella no se ofendía, seguía su camino yendo de un cuarto a otro.

Los que realmente necesitaban ayuda eran los que peor estaban. Aquellos que cuando aún conservaban sus fuerzas habían gritado a la mujer, la habían echado con cajas destempladas cubriéndola de denuestos, entonces eran los que más alto la llamaban en su ayuda, le imploraban que les diera de comer y se enfadaban cuando ella no llegaba a la hora de la comida. Rápidamente tragaban la comida, una cucharada tras otra, miraban a hurtadillas las porciones, no fuera a ser que la mujer se llevara algo para ella. Estas personas se pasaban largo tiempo en la cama; cubiertos de orines y heces, se pudrían hasta cubrirse de llagas. Pero vivían. Vivían años. Vivían perdiendo la razón, ya sin reconocer a su bienhechora, pero abriendo obstinados la boca al encuentro de la cuchara con papilla, tragando con avidez, clavando en el vacío sus miradas perdidas.

Oscurecía. No nos dimos cuenta de cómo había pasado medio día.

—Y, abuela, dígame: ¿cuántos años hace que da de comer así a la gente?

—Treinta y dos añitos. En Pascua hará los treinta y tres. Que los tengo contados. Todos.

—Es usted una heroína, abuela —le digo maravillado—. ¡Treinta y dos años! ¡Servir así, desinteresadamente a la gente!

—¿Desinteresadamente?

La anciana se estremeció sacudida por una risa callada y débil. Se persignó veloz tres veces y musitó una plegaria.

—¡Qué tontos sois los jóvenes! No entendéis nada, ni de la vida ni de la muerte.

Me miró con ojos severos, unos ojos pequeños y malvados. Examinó atentamente mis manos.

—¿Comes solo?

—Yo mismo.

Suspiró. Se veía que tenía muchísimas ganas de compartir con alguien su secreto. Sin mirarme a los ojos, con palabras atropelladas y de un solo golpe, soltó con voz precisa y calculada:

—¿Desinteresadamente, dices? En cierta ocasión, me ofrecieron dinero. Porque no todos los de aquí no tienen a nadie. Algunos familiares venían y me metían dinero en la mano, su maldito dinero. Pero yo no lo aceptaba. Si me lo metían sin darme cuenta en el bolsillo, todo, hasta el último céntimo, se lo daba a los viejos. Y a aquellos que no regían ya, les compraba caramelos y se los daba hasta el último. No, no tengo ni un rublo de su dinero, ni sus gracias me hacen falta. Porque me he hecho una promesa. Cuando llegué aquí daba de comer por tontería, porque sí. Pero una vez vine a darle a una de comer, y ella va y me dice, dame el orinal. Y yo le dije que no repartía orinales, que sólo daba de comer. Bueno, me dice, dame pues de comer. Y ella va y se llena la boca de pan, lo mastica y me lo escupe en toda la cara. Me llenó toda la cara de aquello. Y ahora, me dice, átame bien fuerte el pañuelo a la barbilla, para que cuando me muera no se me abra la boca. Porque ya no voy a comer más, me dice. Fui a verla todas las mañanas; a lo mejor cambia de idea, me decía yo; pero ella me miraba muy seria, muy seria y me daba la espalda. Así estuvo dos semanas, muriéndose. Fue entonces cuando me hice la promesa de que daría de comer a todos los que pudiera. Después de ella muchos se han negado a comer, me he acostumbrado a ello. Pero sólo recuerdo a aquella primera. Y me hice la promesa de morir callandito, sin sufrir. Ya estoy débil y no tendré fuerzas para escupir el pan. Pero estar en cama y hacerme encima eso da miedo. Cómo me asusté entonces ni te lo imaginas. Y tú dices que desinteresadamente.

El pase

El asilo de ancianos. No una residencia o un hospital, sino un asilo. Una sólida valla hecha con planchas de hormigón, puertas de hierro. El asilo está ubicado en las afueras de la ciudad. Tenemos de vecinos una colonia de régimen común para delincuentes. Allí el asunto está claro, se trata de presos, un campo con alambre de espino. Los presos tienen suerte, se pasarán sus años y luego a la calle. Para nosotros, en cambio, no hay esperanza alguna. La nuestra es una institución de tipo cerrado. Prohibida la entrada a toda persona ajena al centro. Sus habitantes no tienen derecho a franquear las puertas del centro sin permiso escrito del director. Un permiso escrito normal, con la firma y el sello. Un antiguo centinela del campo vecino vigila a conciencia las puertas de la entrada. Ya es viejo para trabajar en los órganos de seguridad, pero para nuestras puertas aún sirve. Se pasa el día sentado franqueando el paso a los superiores. Es un trabajo sencillo, habitual y representa un buen complemento para la pensión.

Una persona más sana o más ágil se habría podido subir a la verja o excavar un túnel. Pero para nosotros, unos minusválidos sobre sillas de ruedas, este pobre vigilante era un auténtico cancerbero.

Un muchacho minusválido llamó un taxi. Había acordado de antemano con unos amigos que le subirían al coche. Tres días antes de su viaje consiguió un pase.

Todo está en orden, todo planeado: aquí me montan en el coche, allí me esperan. Ya está sentado dentro del coche, la silla plegable en el maletero.

Se acercan al portón. El chófer toca la bocina. De la garita del vigilante sale sin prisas un anciano de estatura baja con unos ojos malignos y penetrantes.

—¿Quién va en el coche?

El chófer no entiende la pregunta.

—Una persona.

—¿Tiene pase?

El desconcertado taxista recibe del minusválido una hoja de papel y se la entrega al vigilante. Éste, con mirada experta, estudia atentamente el documento.

—Todo en orden: que pase. Lo conozco, merodea a menudo junto a la puerta. Sólo que la vez anterior iba en silla y sin pase.

—Pero ahora lleva pase. De manera que abre la puerta.

—No me ha entendido bien. Aquí pone «salvoconducto para salir a pie del territorio»[*]. Esto es un documento. Y mi obligación es hacerlo cumplir punto por punto. Si quiere salir que salga a pie, si no quiere, allá él. Pero este individuo no abandonará el internado en coche.

El chófer está irritado. Un hombre con sus años no está acostumbrado a perder. Retrocede con el coche hasta el edificio del internado, entra en él. Después de media hora de explicaciones con el director sale con el mismo papel en la mano pero con un añadido escrito a pluma en un margen: «... y en coche». En un ángulo se ha añadido un nuevo sello redondo de la institución.

---

[*] En ruso se especifica y se distingue el movimiento de una persona, ya sea por sus propios medios, ya sea mediante algún tipo de transporte. (N. del T.)

El minusválido está contento. Seguramente aquel día el director estaba de buen humor. Porque, según las instrucciones, el pase primero debía anularse; había que escribir una nueva solicitud para la entrega de un nuevo salvoconducto y esperar un par de días más para resolver tan complejo asunto.

El coche se acerca al portón por segunda vez. El vigilante examina atentamente el documento corregido, se lo devuelve al chófer del taxi y se dirige con desgana a abrir el portón.

Viajan unos minutos en silencio. De pronto el taxista detiene el coche. Las manos aprietan con fuerza el volante, el hombre lanza un suspiro. Sin mirar al pasajero, tenso, casi con rabia, lanza las palabras al aire que tiene delante:

—Bien, chaval, no te ofendas, pero no te voy a cobrar la carrera. Y no porque seas un minusválido. Lo que pasa es que de joven me tiré tres años a la sombra y lo he recordado toda mi vida. Desde entonces odio a los polis.

El chófer desconecta el contador y acelera. El coche se mueve a toda velocidad, alejándose del asilo de ancianos, del campo de reclusión, del asqueroso vigilante.

Qué bien. La libertad.

El imbécil

Una parada de autobús. Con mi mujer vamos a alguna parte. Esperamos el autobús. Éste al fin llega. Al volante un muchacho joven con unas gafas negras a la moda. Ala me coge en brazos, coloca el pie derecho en el escalón y luego apoya el peso en aquél. De pronto el conductor, con una sonrisa dirigida hacia nosotros, acelera. Del salto brusco Ala pierde el equilibrio y dando un giro se sienta en el suelo conmigo en brazos. No llega a caer, las clases de judo no han sido en vano. Se levanta y me vuelve a colocar en la silla de ruedas.

En la parada un vejete borracho no puede contener la risa. Se ríe largo rato, contento, luego se nos acerca. Ala se aparta, ella no entiende cómo puedo tratar con gente así.

—Es un imbécil —se dirige a mí—, todo un imbécil.

—¿Por qué?

—Pues porque tú tienes la silla, tú puedes ver el sol, contemplar estos pajarillos en el asfalto. En cambio él, nadie sabe cómo saldrá parado de un accidente. Nadie lo sabe, es una profesión peligrosa la suya.

Me llega el argumento. Sonrío. En efecto, es un imbécil.

Plastilina

Modelar a papá con plastilina es muy fácil. Es más sencillo que hacer una seta. Basta con hacer dos tortas redondas de plastilina.

Cuando era pequeño hacíamos figuras de plastilina. Una educadora gorda nos entregaba dos tortas de plastilina a cada uno. Con una debíamos hacer un tubo largo, con la otra una torta delgada. Si unimos el tubo con la torta te sale una seta. Una tarea sencilla para unos críos que ya estaban creciendo.

Yo coloco la mano sobre la plastilina. Separo una torta de la otra. Intento darle vueltas a una, sin éxito. Hago rodar la torta sobre la mesa, esto no la hace ni más gorda ni más delgada. Tomo la otra torta, el resultado es el mismo.

Los otros chicos cumplen con su tarea cada uno como puede. A unos la seta les sale derecha y bonita, a otros, pequeña y retorcida. La educadora se acerca a cada uno y le da consejos; a uno le arregla la cabeza, a otros el pie. La educadora se acerca a mí.

—¿Qué te ha salido? —me pregunta cariñosa.

Coloco una torta sobre la otra. A mi entender, así la construcción se parece algo más a una seta.

—¿Y esto qué es? ¿Qué has hecho?

La educadora toma mi plastilina, la amasa con movimientos rápidos y ágiles, la moldea con sus dedos sanos.

—¿Ahora entiendes cómo hay que hacer?

Muevo afirmativamente la cabeza. Ahora lo he entendido.

—Y ahora, niños, vamos a ver a quién le ha salido la seta más bonita. La seta más bonita es la de Rubén.

Examino la mesa. La seta que tengo delante de mí es, en efecto, la más recta y la más perfecta. Pero me da igual. No es mi seta.

Mi hija modela un papá con plastilina. Modelar a papá es fácil. Es más fácil que hacer una seta. Basta con hacer dos tortas redondas. Dos tortas iguales, las dos ruedas de una silla de ruedas.

Y ahora, niños, vamos a ver a quién le sale la seta más bonita.

Nunca

Nunca. Es una palabra horrorosa. La más horrible de entre las palabras. Nunca. Esta palabra es sólo comparable con la palabra muerte. La muerte es un gran «nunca». Un «nunca» eterno; la muerte arrasa todas las esperanzas y posibilidades. Nada de «puede ser» o «¿y si...?». Nunca.

Nunca subiré al Everest. No habrá largas sesiones de entrenamiento, pruebas médicas, traslados, hoteles. No maldeciré el tiempo, los resbalosos senderos ni los salientes de las simas. No habrá fases intermedias, ni montañas, ni grandes ni pequeñas, no habrá nada. Puede que, si tengo suerte, si tengo mucha suerte, alguna vez vea el Tíbet. Y si la suerte realmente me acompaña me acercarán en un helicóptero al campamento base, hasta el primer y último «no puede ser». Veré las montañas, a los alocados alpinistas lanzando su reto a la Naturaleza. Al regresar, si tienen suerte y retornan de las montañas sin sufrir pérdidas, estos hombres, contentos y algo cohibidos, me contarán su experiencia allí, tras la frontera de mi «nunca». Serán benévolos conmigo, lo sé, yo también estoy tan loco como ellos. Todo será espléndido. Lo único, que yo nunca subiré por mí mismo a la cima.

Nunca bajaré en un batiscafo a la Sima de las Marianas. No veré lo bonito que es este fondo marino. Lo único que me quedará son las filmaciones en vídeo, la confirmación documental de la perseverancia y el heroísmo de alguien.

Tampoco me llevarán al cosmos. Aunque no me resulta muy atrayente echar la última papilla por el mareo, flotando en una estrecha caja metálica. No tengo ningunas ganas y sin embargo me apena. Me apena saber que alguien está allí arriba volando, y a mí, en cambio, no me dejan.

Nunca podré atravesar a nado el Canal de la Mancha. Tampoco me será posible cruzar el Atlántico en una balsa. Los camellos del Sahara y los pingüinos de la Antártida no notarán mi ausencia.

No podré salir a mar abierto con un pesquero, y no veré a una ballena nadando en las aguas, convencida de su carácter exclusivo. El pescado me lo traerán directamente a casa y me lo entregarán, en el mejor de los casos, cortado y preparado para el consumo. Conservas, las eternas conservas.

Toco el joystick de la silla de ruedas eléctrica, me acerco a la mesa. Tomo con los dientes una pajita de plástico, la introduzco en una copa. ¿Conservas? Pues conservas. Bebo lentamente un vino tinto, sol embotellado de la lejana Argentina. Con un botón en el panel de mandos enciendo el televisor. Quito el sonido. En uno de los canales transmiten en directo una fiesta de jóvenes. Las figuras que asoman por la pantalla aparecen felices, cantan y bailan.

La cámara recoge un primer plano. Aquel muchacho con un tatuaje y un pendiente en la oreja también intenta huir de su propio «nunca», estoy seguro. Pero esta evidencia no hace que me sienta mejor.

El colega

Volvíamos con unos amigos a la ciudad. No había autobuses, el calor era horroroso. Era inútil intentar parar un coche. Tres tipos sanos más un minusválido en silla de ruedas, ¿quién nos iba a recoger?

Inesperadamente la suerte nos sonríe: aparece un autobús de militares. No teníamos elección: había que intentar subir. Los chicos nos levantan a mí y la silla y se ponen a discutir con el conductor. Éste repite algo sobre que «no se puede», «las instrucciones».

Desde el fondo del autobús retumba un «¡cole-e-ga!» y un militar se abalanza sobre el conductor. Borracho hasta las cejas y furioso. La discusión no dura demasiado y nos ponemos en marcha.

Los reclutas nos ceden su asiento. Estoy medio acostado en un estrecho asiento, me duele el cuerpo. Se acerca el colega. Casi no se aguanta de pie, lleva la casaca desabrochada y bajo la casaca asoma una camiseta de marinero.

—¿De Afganistán?

—No.

—No importa. Hasta lo de Afganistán yo no sabía lo que era un minusválido. Luego empezaron a regresar los amigos sin piernas, sin manos, ciegos. Muchos no lo aguantaban y se rendían. ¿Y tú qué tal?

—Todo me va normal: tengo mujer, trabajo.

—Pues ánimo. Resiste.

Llegamos a la ciudad. Me sacan del autobús. Veo al tipo gritando a través del cristal.

Te recuerdo, colega.

Lo recuerdo todo. Recuerdo tu camiseta, tus ojos de loco.

Te recuerdo, colega.

Y resisto.

Big Mac

Desde la pequeña pantalla una estrella televisiva me informa con voz rauda y penetrante, mostrando su blanca dentadura, sobre las ventajas de la democracia norteamericana. No la escucho. Sé todo lo que va a decir. Estoy seguro de que tiene razón. Puede sentirse orgullosa de su país. De su Constitución, del himno y la bandera. Ella tiene su «Enmienda de los derechos civiles», la Estatua de la Libertad y los McDonald's.

La muchacha me cuenta animada todo sobre el sistema de los famosos restaurantes de comida rápida. Un triste payaso con una sonrisa de idiota me mira desde un anuncio de colorines. Un bocadillo y una gaseosa, ¿qué puede haber más sencillo? Una esbelta norteamericana en uniforme de trabajo intenta en vano convencerme de que justamente este bocadillo es el más «bocadíllico», y esta gaseosa es la más «gaseósica» del mundo. ¡Tonterías! La calidad de la comida no es lo que más me importa en la vida.

Sé que todos los restaurantes McDonald's corresponden a los estándar internacionales de accesos sin barreras. Sé que mi silla de ruedas atravesará sin problemas todas las puertas. Los camareros más serviciales del mundo me ayudarán a hacer uso del lavabo, me cortarán el famoso Big Mac en pequeños trocitos, en el vaso de cola me introducirán una cómoda pajita y me la acercarán a la boca.

Y ya está. Esto me basta. Esto es más que suficiente. Es un regalo demasiado lujoso para una persona paralizada. Un bocadillo y una gaseosa. Pan y agua. La base de todas las bases. El derecho garantizado de todo ciudadano a ocupar un lugar bajo el sol.

La democracia.

I go

La lengua inglesa. Lengua de comunicación internacional, de las conversaciones de negocios. Al ruso se puede traducir casi todo. Desde la poesía de Shakespeare hasta las instrucciones para el uso de una nevera. Casi todo. Casi.

Una silla de ruedas. Una silla de ruedas americana. En mi mano sujeto un joystick de mando. Una máquina obediente transporta mi cuerpo inmóvil por la calle de una pequeña ciudad norteamericana.

Atravieso un semáforo en rojo. Y no es extraño. Atravieso una calle por primera vez en mi vida. La silla aún no obedece muy bien a las órdenes de mi mano paralizada.

Los coches están parados.

De un automóvil, detenido en el carril más alejado, saca la cabeza un alegre conductor, agita la mano y grita algo para animarme.

Se acerca un policía. Por mi cara de susto comprende la razón por la que me he saltado el semáforo.

—¿Todo en orden?

—Sí.

—Ha hecho usted muy bien al decidirse a salir a la calle. ¡Suerte!

Una mujer montada en una silla de ruedas pasa de largo a gran velocidad. Lleva en la boca el tubo de un respirador. El respaldo de la silla está abatido hasta la posición horizontal, de manera que la mujer mira a la carretera a través de un espejo atornillado a la silla. En un lateral lleva una inscripción chillona con letras grandes: AMO LA VIDA.

Un pequeño restaurante chino. Unas puertas estrechas, cuatro mesas.

Sale corriendo un camarero.

—Lo lamento mucho, muchísimo. Le presentamos nuestras excusas oficiales. Por desgracia, su silla no podrá pasar por esta puerta. Si no le resulta una molestia, podría usted entrar en la sala de al lado. No saldrá usted perdiendo, se lo aseguro. Es el mismo menú, la misma decoración de la sala y el mismo cocinero. Disponemos de un certificado, puede usted verlo. No hay discriminación alguna.

Yo, cohibido, intento tranquilizarlo, le aseguro que no me representa ninguna molestia pasar al otro salón. Me acompaña hasta la entrada de la otra sala.

El espacio es algo mayor. El camarero me acompaña hasta una mesa libre apartando ante mí las sillas.

Algunos clientes del restaurante retiran los pies a mi paso, otros no prestan a mi silla el menor caso. Cuando la silla tropieza con algún pie, la persona lanza un grito. Y quién no: la silla pesa lo suyo. Nos dirigimos mutuas excusas.

El camarero me observa lleno de asombro.

—¿Por qué no para usted de pedir perdón? Tiene usted el mismo derecho que los demás de comer en este restaurante.

Una muchacha norteamericana en silla de ruedas me enseña orgullosa un microbús con un elevador y me cuenta que todos los parques de taxis de Norteamérica tienen autobuses como éste.

—¿Y no podría acondicionarse para minusválidos un coche de turismo normal? Sería más barato —me intereso yo.

La muchacha me mira desconcertada e incómoda.

—¿No ves que entonces en un coche adaptado sólo se podría transportar a una persona con su silla? ¿Y si de pronto se trata de una pareja? Entonces qué, ¿según tú, tendrían que ir en coches distintos?

Al ruso se puede traducir casi todo. Desde la poesía de Shakespeare hasta las instrucciones para el uso de una nevera. Casi todo. Casi.

Puedo hablar largo rato sobre Norteamérica. Puedo contar interminables historias sobre sillas de ruedas eléctricas, ascensores «parlantes», carreteras lisas, rampas y microbuses con elevadores. Sobre programadores ciegos y científicos paralíticos. Sobre cómo lloré cuando me dijeron que debía regresar a Rusia y tendría que dejar la silla.

Pero el sentimiento que me invadió cuando puse por primera vez en movimiento aquel milagro de tecnología norteamericana, como mejor se transmite es con la breve y rica frase «I go». Y en ruso esta frase no tiene traducción.

La patria

Katia y yo entramos a comprar en una pequeña tienda. Katia va al fondo de la tienda, yo me quedo junto a la entrada. Todos los travel check están a nombre de Katia, pues a mí me resulta difícil firmar. Puedo sujetar con dificultad una pluma y de todos modos mi firma no infundiría confianza. Katia elige las compras, se acerca al vendedor para pagar. Tras el mostrador se encuentra un árabe entrado en años. Éste le intenta demostrar algo acaloradamente a Katia y gesticula con frenesí. Katia no habla en inglés, he de intervenir.

Pulso el joystick de la silla, me acerco al mostrador. Katia se aparta.

—¿Qué sucede?

—No puedo aceptar su cheque. Yo acepto cheques nominales hasta los diez dólares. Y ustedes me presentan uno de cincuenta.

Estoy en Norteamérica. Hace ya dos semanas que estoy en Norteamérica. Me siento tranquilo. Pulso de nuevo el joystick de la silla. El respaldo de la silla se endereza. Me acerco hasta casi tocar el mostrador.

—Entiendo. Quiere usted decir que el cheque está falsificado. Míreme. ¿Cree usted que soy capaz de falsificar un cheque? ¿Parezco un pintor? ¿Le parezco un estafador? Mire la silla. ¿Sabe usted cuánto vale una silla como ésta? Ayer vine a comprar aquí, le compré anteayer, le compro hoy y espero poderle comprar mañana. Esto es Norteamérica. Usted vende, yo compro. Una de dos. Si el cheque es bueno, usted me vende la mercancía. Y si el cheque es falso y yo lo he dibujado, llama usted a la policía.

El hombre me mira con respeto. La manera de enfocar el asunto le convence.

—De acuerdo. Acepto tu cheque. ¿Eres palestino?

—No, español.

—¿De España?

—No, de Rusia.

—¿Cuándo vuelves a casa?

—Dentro de tres días.

—Añoras, seguramente, tu patria; quieres regresar.

—No, no la añoro.

—Entonces, ¿por qué te vas?

—Allí las cosas están mal. No hay sillas, ni aceras, ni tiendas como ésta. No añoro aquello en absoluto. Podría quedarme aquí para siempre.

El hombre menea en un gesto reprobatorio la cabeza. Me mira con conmiseración y con un poco de tristeza.

—Chiquillo, mi chiquillo. ¿Es que no entiendes la vida? Aquí no se puede vivir. Los hombres son como fieras. Son capaces de matarse los unos a los otros por un dólar. Yo trabajo hasta catorce horas al día, ahorro dinero. Ahorraré un poco más y regresaré a casa, a Palestina. Pero allí hay guerra. ¿En tu país hay guerra?

—No.

Pagamos, nos despedimos y nos vamos. Yo salgo en mi silla de la tienda. Doy la vuelta a la silla y miro a través del cristal del escaparate al anciano palestino. ¡Feliz él! ¡Tiene una patria!

La libertad

San Francisco. Es la ciudad de mis sueños, un punto habitado del infierno capitalista. La ciudad de los repudiados y de los raros.

Estoy en la acera. Es mi último día en Norteamérica. Mañana me llevarán al aeropuerto, me subirán al avión. Y el avión tras unas cuantas horas me llevará a Rusia.

Allí, en la lejana Rusia, me depositarán con cuidado en un diván y me condenarán a cadena perpetua entre cuatro paredes. Una buena gente rusa me dará de comer y beberá vodka conmigo. Allí comeré bien y puede que ande caliente. Allí habrá de todo, menos libertad. Me prohibirán ver el sol, pasear por la ciudad, ir a un café. Me explicarán condescendientes que todos estos excesos son para la gente normal, no para las personas discapacitadas. Me darán otro poco de comida y de vodka y una vez más me recordarán lo desagradecido que soy. Me dirán que quiero demasiado, que tengo que esperar un poquito, sólo un poquito, nada, unos cincuenta años.

Y estaré de acuerdo con todo y diré que sí con la cabeza. Haré obediente lo que me manden y soportaré en silencio la vergüenza y la humillación. Aceptaré mi discapacidad como un mal inevitable y poco a poco me iré muriendo. Y cuando me canse de esta vida de perro y pida un poco de veneno, por supuesto, me lo negarán. La muerte rápida está prohibida en aquel lejano y humano país. Todo lo que me permitirán es envenenarme lentamente con vodka y confiar en una úlcera de estómago o en un infarto.

Estoy en la acera. Si apretara a fondo la palanca de mando hacia delante, el potente motor me lanzaría hacia lo desconocido. El avión se marcharía sin mí. Al par de días la carga de la silla se consumiría. Sin dinero ni papeles no sobreviviría en este país cruel y maravilloso. A lo máximo a lo que podría aspirar es a un día de libertad. Y luego la muerte.

Esto es Norteamérica. Aquí todo se vende, todo se compra. Un país horrible, cruel. Aquí no esperes piedad. Pero en Rusia ya me he hartado de esta piedad. Yo me conformaría con el más normal de los negocios.

Esto es Norteamérica.

—¿Qué se vende?

—Un día de libertad. De verdadera libertad. Sol, aire. Parejas besándose en los bancos. Hippies tocando la guitarra. Derecho a ver un día más cómo una niña da de comer en la mano a una ardilla. Ver por primera y única vez en la vida la ciudad de noche, la luz de miles de faros de coches. Contemplar por última vez los anuncios de neón, soñar con la felicidad imposible de nacer en este maravilloso país. Una mercancía de verdad, de calidad. Hecho en USA.

—¿Cuánto vale?

—Algo menos que una vida.

—Lo compro y quédese con el cambio.

Y luego en Rusia me pasé empapado en alcohol un mes entero de la mañana a la noche y en mi delirio borracho palpaba el joystick de mi inexistente y mítica silla. Y cada día lamenté que en el momento de la verdad hubiera tomado la decisión equivocada.

Novocherkassk

He nacido en Moscú. Moscú es la capital de Rusia. En la escuela lo sabíamos todo de Moscú. Cantábamos canciones sobre Moscú, recitábamos versos. Nos decían que Moscú era la mejor ciudad del mundo, la más bonita. No lo sé; he estado en Moscú sólo de paso, igual que en San Petersburgo. No voy a discutir, es posible que todo lo que decían fuera verdad. Tal vez así sea. Muchos están seguros de ello; por lo menos, los moscovitas.

Con mis ojos sólo he visto tres ciudades del mundo: Novocherkassk, Berkeley y Madrid. Pero la primera fue Novocherkassk.

De Novocherkassk sabía cosas de hace mucho tiempo. De Novocherkassk se contaban leyendas. Contaban que en el orfanato de Novocherkassk se comían patatas cada día, en invierno y verano. Contaban que en Novocherkassk crecían tomates. Y no sólo tomates. En aquella fabulosa ciudad crecían albaricoques, sandías y melones, y también nueces y maíz, pimientos y calabacines. Todo eso yo lo había probado un par de veces en mi vida. Y había leído que estas hortalizas y frutas crecían en el sur. Había buscado Novocherkassk en el mapa y sabía que era una ciudad del sur de Rusia. Decían además que a aquellos que les resultaba completamente imposible andar los llevaban a Novocherkassk, al asilo de ancianos y minusválidos. Era una casa de tres pisos de ladrillo. Allí podías moverte en silla de ruedas, había allí niñeras y médicos, allí se vivía muchos años y nadie se moría enseguida. Todo esto parecía, claro está, un cuento, una invención, un sueño irreal. ¿Y qué más daba? Yo creía en Novocherkassk. Yo necesitaba, ansiaba enormemente creer en algo.

A veces los sueños se hacen realidad, un triste billete de lotería se convierte en un montón de dinero, los helechos florecen y un hada visita a un huérfano. Un buen día, un día increíble, imposible, un individuo muy serio de Moscú firmó un documento muy serio también y me trasladaron a Novocherkassk. Y todo en lo que yo ingenuamente creía resultó ser cierto, incluidas las patatas y los albaricoques.

Soy joven y estoy relativamente sano. Confío ver muchas más ciudades del mundo. Veré París y Tokio, Roma y Sidney, Buenos Aires y Berkeley. Veré sin falta Berkeley una vez más. Creo que todas estas ciudades existen en realidad. Creo en ellas del mismo modo en que un día creí en Novocherkassk.

He nacido en Moscú, tuve mala suerte, muy mala suerte al nacer en esta horrible e insensata ciudad. Donde sí tuve suerte fue en Novocherkassk. Novocherkassk es una buena ciudad. Yo habría muerto si en Rusia no hubiera existido Novocherkassk.

Negro

Como siempre en la vida, la franja blanca cede su lugar a la negra, la fortuna se turna con las decepciones. Todo cambia, todo debe cambiar. Así debe ser, así está hecho el mundo. Lo sé y no estoy en contra. De manera que sólo me queda confiar. Confiar en el milagro. Deseo sinceramente, quiero con pasión que mi franja negra dure el mayor tiempo posible y que no se torne blanca.

No me gusta el color blanco. El blanco es el color de la impotencia y de los condenados, el color del techo del hospital y de las sábanas blancas. Es la atención y los cuidados garantizados, la calma y la nada. La nada inacabable de la vida hospitalaria.

El negro es el color de la lucha y de la esperanza. El color del cielo nocturno, el fondo preciso y seguro de los sueños, de las pausas temporales entre los blancos intervalos infinitamente largos que engendran las impotencias del cuerpo. El color de las quimeras y de los cuentos, el color del mundo interior de los ojos cerrados. El color de la libertad, el color que yo elegí para mi silla de ruedas eléctrica.

Cuando yo pase a mi vez a través de la hilera de los maniquíes benevolentes e impersonales en batas blancas y llegue a mi definitivo final, a mi personal noche eterna, después de mí sólo quedarán las letras. Mis letras, mis letras negras sobre fondo blanco.

Yo confío.

Agradecimientos

Gracias a Eva, madre de todas las madres, por haberse comido la manzana.

Gracias a Adán por haber participado.

Gracias en especial a Eva.

Gracias a mi abuela Esperanza por haber dado a luz a mi madre.

Gracias a Ignacio por haber participado.

Gracias en especial a mi abuela.

Gracias a mi madre por haberme dado a luz.

Gracias a David por haber participado.

Gracias en especial a mi madre.

Gracias a mi madre por haber dado a luz a mi hermana.

Gracias a Sergio por haber participado.

Gracias en especial a mi madre.

Gracias a mi profesora de Literatura, que me traía caldo de pollo cuando caía enfermo. Ella traía mermelada a la clase que untábamos sobre el pan. Y éramos absolutamente felices —cuando escribía una disertación me ponía sobresaliente y cuando no la escribía me ponía un cero.

Gracias a Sergio por los profundos análisis de mis primeros escritos y por la primera publicación.

Gracias en especial a mi profesora por la mermelada.

Gracias a mis dos esposas por haberlo sido.
Gracias a mis dos hijas por haberlo sido y por conti-
nuar siéndolo.
Gracias en especial a mis dos hijas por seguir siendo
hijas mías.

Gracias a todas las mujeres, hijas, abuelas, viejas
y jóvenes, bellas y menos bellas.
Gracias a todos los hombres.
Gracias en especial a los hombres por haber participado.

Y otra vez gracias a mi madre.

Epílogo

Rubén nació en Moscú, el 20 de septiembre de 1968, en la clínica del Kremlin, durante los eventos de la Primavera de Praga. Me habían llevado allí en urgencias a los ocho meses de mi embarazo de dos mellizos. Tuve acceso a la medicina soviética aprovechando una visita de mi padre, que vivía en Francia clandestinamente, un dirigente del Partido Comunista de España, al país de los soviets.

En Francia, yo era una «sin papeles». En Moscú, una extranjera sin embajada. No tenía derechos. Derecho de viajar libremente, derecho de votar y, además, había cometido el crimen de haber dado a luz niños «no presentables».

El primer bebé murió unos días más tarde. El segundo, Rubén, nació con parálisis cerebral después de un parto difícil. Nos llevaron a un hospital de las afueras de Moscú donde vivimos encerrados durante un año y medio. De modo que el problema estaba así resuelto. A consecuencia de una segunda visita de mi familia a Moscú me quitaron a mi hijo.

En 1973, después de una estancia en un orfanato para niños discapacitados, un lugar especial y secreto reservado a los hijos de la élite comunista, Rubén fue trasladado a otra institución para niños discapacitados de Kartashovo, en la región de Leningrado.

Más tarde, Rubén fue transportado de institución en institución para niños discapacitados, centros cerrados, centros secretos situados por todo el territorio de la Unión Soviética: Trubchëvsk, Nizhnii Lomov... Novocherkassk, en la región de Rostov sobre el Don, en el sur de Rusia. De 1986 a 1990 Rubén vivió en un geriátrico adonde llevaban a los discapacitados que no podían ejercer una profesión útil.

Aprovechando el desorden general provocado por la perestroika, Rubén se escapó del geriátrico donde vivía encerrado. Emprendió una búsqueda de sus orígenes. Me encontró en Praga después de una epopeya rocambolesca en camioneta por toda Europa. Se puso a escribir. Decidió elegir una profesión inútil que le habían desaconsejado en Rusia. Su nuevo entorno, mi entorno de periodistas y escritores, descubrió una escritura apasionante tanto por el contenido como por el estilo. Una literatura estremecedora.

De esa historia que llamaron «la máscara de hierro del comunismo» nació esta historia publicada en Rusia en diciembre del 2002. Su éxito provocó un debate sobre la infancia, el sistema socialista, la evacuación de todo lo que entraba en contradicción con el mito del hombre nuevo en un país donde todo el mundo debía ser feliz.

Rubén vive desde hace más de un año en España. Estoy a su lado. He esperado muchos años a que me esté reconocido el derecho de ser madre y de trabajar como traductora y periodista. Tengo un pasaporte y el derecho de vivir en un país oficialmente mío. Hasta tengo el derecho de votar.

¡Qué suerte tuve! Ojalá tenga la misma suerte Rubén.

AURORA GALLEGO

Este libro
se terminó de imprimir
en los Talleres Gráficos
de Rotapapel, S.L.
Móstoles, Madrid (España)
en el mes de octubre de 2003